Príncipe de Astúrias

O Titanic brasileiro

VEREDAS

- ISABEL -
VIEIRA

Príncipe de Astúrias

O Titanic brasileiro

MODERNA

© ISABEL VIEIRA, 2014

COORDENAÇÃO EDITORIAL Maristela Petrili de Almeida Leite
EDIÇÃO DE TEXTO Marília Mendes
COORDENAÇÃO DE EDIÇÃO DE ARTE Camila Fiorenza
DIAGRAMAÇÃO Cristina Uetake, Elisa Nogueira
PROJETO GRÁFICO E ILUSTRAÇÕES Designlândia (freepik.com ; etc.usf.edu/clipart/;
retrovectors.com/; hdw.eweb4.com/search/vintage; vintagegraphics.ohsonifty.com/free-
clip-art-image-vintage-key-lock/)
FOTO DE CAPA Autor anônimo/Maclure, MacDonald&Co.
COORDENAÇÃO DE REVISÃO Elaine Cristina del Nero
REVISÃO Andrea Ortiz
COORDENAÇÃO DE ICONOGRAFIA Luciano Baneza Gabarron
PESQUISA ICONOGRÁFICA Rosa André e Mariana Veloso Lima
COORDENAÇÃO DE *BUREAU* Américo Jesus
TRATAMENTO DE IMAGENS Designlândia
PRÉ-IMPRESSÃO Fabio N. Precendo
COORDENAÇÃO DE PRODUÇÃO INDUSTRIAL Wilson Aparecido Troque
IMPRESSÃO E ACABAMENTO Log&Print Gráfica e Logística S.A.

Lote: 753708
Código: 12091767

Dados Internacionais de Catalogação na Publicação (CIP)
(Câmara Brasileira do Livro, SP, Brasil)

Vieira, Isabel
    Príncipe de Astúrias: o Titanic brasileiro / Isabel Vieira.
– 1. ed. – São Paulo: Moderna, 2014. – (Coleção veredas)

ISBN 978-85-16-09176-7

1. Literatura infantojuvenil 2. Príncipe de Astúrias (Navio) - História I.
Título. II. Título: O Titanic brasileiro. III. Série.

14-00915   CDD-028.5

Índices para catálogo sistemático:

1. Literatura infantojuvenil 028.5
2. Literatura juvenil 028.5

EDITORA MODERNA LTDA.
Rua Padre Adelino, 758 - Belenzinho - São Paulo - SP - Brasil - CEP 03303-904
Vendas e Atendimento: Tel. (11) 2790-1300
www.modernaliteratura.com.br
2022 Impresso no Brasil

Para toda minha "família
ilhabelense", incluindo (mas
não restrita a) filhas, genros
e netos: Ana, Rodrigo e Flora;
Gabriela, Michael, Leo e Joa;
Clara, David, Nena e Lia.
E ainda Elizangela, Dé,
dona Stellinha, Coca, Clarissa,
Mamá, Fefê, Marina Terra
e Fernando Rodriguez
(in memorian).

© JEANNIS PLATON/HISTORIADOR/MUSEU NÁUTICO ILHABELA

O Nosso Titanic

Na madrugada de 5 de março de 1916, horas antes da escala que faria em Santos, o navio espanhol *Príncipe de Astúrias* chocou-se contra a Ponta da Pirabura, em Ilhabela, no litoral norte paulista, e em apenas cinco minutos desapareceu no mar. Foi o maior naufrágio da costa brasileira, quatro anos após a tragédia do *Titanic*, no Atlântico Norte, em 1912.

Como ele, o *Príncipe de Astúrias* era um transatlântico luxuoso. Fazia a rota Barcelona-Buenos Aires transportando carga e passageiros, muitos deles fugindo da Primeira Guerra Mundial. A maioria dormia, depois de um baile de carnaval. Oficialmente, morreram 477 pessoas, mas esse número pode ser maior, pois há evidências de que mais de 1.000 imigrantes não registrados viajavam nos porões. O número exato de mortos não é a única incógnita da tragédia. Suas circunstâncias nebulosas sempre suscitaram especulações. Por ser difícil de acreditar que o experiente comandante José Lotina cometesse um erro de navegação tão grosseiro, afastando-se da rota e batendo de frente no rochedo, nunca foi descartada – nem comprovada – a hipótese de naufrágio criminoso.

Esta é uma história ficcional, sem pretensão de elucidar o mistério. Baseei-me na bibliografia disponível[1] e preenchi lacunas com a imaginação. Mantive os nomes reais de tripulantes e alguns passageiros, contracenando com protagonistas inventados. As escalas do vapor em portos europeus, antes de cruzar o Atlântico, são todas verdadeiras, mas criei livremente as situações. Os momentos finais do *Astúrias* foram descritos com base em relatos de sobreviventes (177, dos quais 136 tripulantes) publicados em jornais brasileiros em 1916. Foi essencial para esclarecer dúvidas o material generosamente cedido pelo mergulhador e pesquisador Jeannis Michail Platon, a quem expresso minha gratidão.

Isabel Vieira

[1] Ver bibliografia na página 156.

SUMÁRIO

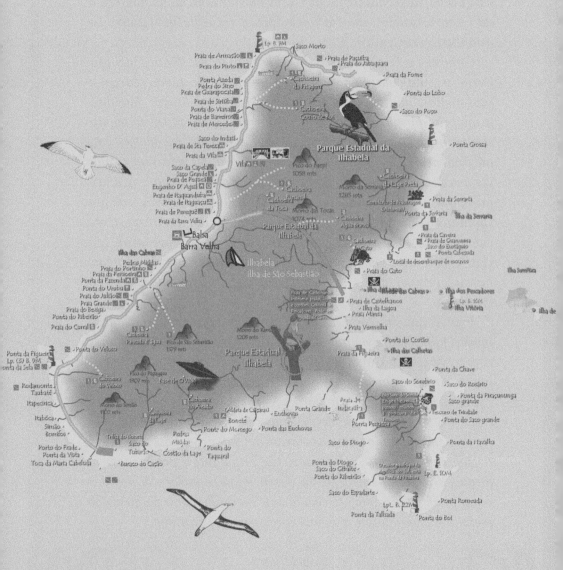

PARTE I — CENTENÁRIO

1. Cemitério de navios *13*
2. Príncipe Submerso *22*
3. O canto da sereia *30*
4. Grande faxina *37*
5. A arca da Bisa *41*

PARTE II — MAR ABERTO

6. *El Libro de Marianna* *49*
7. Fazer a América *55*
8. Palácio Flutuante *61*
9. Cápsula do tempo *66*
10. Espelho do mar *72*
11. Não mais além *78*

PARTE III — TRAVESSIA

12. Jardim do Atlântico *83*
13. Última fotografia *90*
14. Ano bissexto *96*
15. Baile de Carnaval *102*
16. S.O.S. *Príncipe de Astúrias* *108*
17. Náufragos *114*

PARTE IV — RESGATE

18. Sobreviventes *123*
19. Tesouro sob as águas *130*
20. Revelações *138*
21. Segredo de família *145*
22. Mergulho *150*

PARTE I
CENTENÁRIO

Um naufrágio não termina no fundo do mar. Fica na memória, encalha em documentos e permanece para sempre na História.

Jeannis Michail Platon
Museu Náutico de Ilhabela

1. Cemitério de navios

Eram 6 horas da manhã quando o apito do *Argonauta* rompeu o silêncio de Ilhabela adormecida, anunciando a partida do grupo de mergulho para mais uma aula no mar. O céu rosado prometia um lindo dia de verão. A embarcação soltou as amarras, os motores tremeram e o casco esguio deslizou pelo Canal de São Sebastião com a elegância de um *Calypso*, o barco do oceanógrafo francês Jacques Cousteau.

– Meu navio guerreiro! – disse Ulisses carinhosamente, admirando o visual da ponte de comando.

Era um homem de 60 anos, robusto, de estatura média. Tinha pouco cabelo e seus olhinhos perspicazes brilhavam por trás dos óculos. Tudo nele aparentava solidez: um lobo do mar, nascido na Grécia, com a pele bronzeada, boné de marinheiro e braços fortes. Apontando o oceano com um gesto amplo, Ulisses disse aos alunos, que conversavam com os instrutores no convés:

– No fundo do mar há muito mais que peixinhos coloridos, gente! O mar guarda milhares de histórias!

Todos batiam fotos. A maioria tinha perto de 20 anos, mas havia alguns mais jovens e uns poucos de cabelos grisalhos. O argentino Emilio, de 22 anos, parecia emocionado.

– Es una isla muy bela!...

Em plena temporada, com a Ilha entupida de turistas, só mesmo bem cedinho se podia ver a Vila vazia e sentir a força do cenário tropical: fachadas coloridas, folhagens escandalosamente verdes, flores exóticas, mangueiras carregadas, a silhueta de um engenho, a igrejinha pendurada no morro, os coqueirais... Do outro lado do canal, o porto de São Sebastião, o terminal da Petrobrás e as encostas da serra. Havia alguns navios ancorados. Ulisses sempre se comovia quando olhava aquela paisagem. Suspirou para disfarçar.

Não era só na nobreza das linhas que o *Argonauta* lembrava o *Calypso*. Ulisses nunca escondeu que a ideia de reformar o velho barco da Marinha, arrematado num leilão, e dotá-lo de estrutura para mergulho foi inspirada em Cousteau. Admirava o oficial francês que, em 1950, transformou o *Calypso* num laboratório móvel de pesquisas e filmagens. Um de seus inventos foi a câmera de tevê subaquática, que popularizou as belezas do fundo do mar. A série "O mundo submarino de Jacques Cousteau", em que ele registrou as viagens do *Calypso* até 1997, quando morreu, aos 87 anos, havia levado muita gente a mergulhar.

E isso era ótimo para Ulisses, que ganhava a vida coordenando equipes de mergulho e transportando-as no barco. Tinha chegado ao Brasil aos 12 anos, junto com os pais. Aos 19, conheceu Ilhabela e nunca mais foi embora. Ali casou, teve filhos e netos. O mar azul e as montanhas o faziam recordar sua infância na Ilha de Rodes, no Mar Egeu, atravessada por uma serra. Em Rodes havia aprendido a mergulhar com os tios, catadores de esponjas, metido num escafandro que pesava 80 quilos, como os equipamentos da época.

Pensando bem, o que no mergulho moderno não tinha por trás a mão de Cousteau? Ali estava outro dos inventos dele: o *aqualung*! Em parceria com o engenheiro Émile Cagnan, Cousteau concebeu os cilindros de ar comprimido, que substituíram o escafandro com muitas vantagens: além de serem mais leves, permitiam uma permanência mais longa e segura debaixo d'água.

O *Argonauta* navegava rumo ao Sul. Tinha ultrapassado o ponto em que as balsas atravessam veículos entre São Sebastião e Ilhabela e costeava a Ilha das Cabras. Tinham estado ali dias antes. Era um local clássico para mergulho, sobretudo no verão. Sem correntes fortes e em profundidades de até 10 metros, podia-se nadar entre badejos, garoupas, polvos e moreias. E ainda ver a carcaça de um velho Chevrolet afundado...

Agora o desafio seria maior: os alunos mergulhariam num naufrágio. Como fazia antes de cada descida, Ulisses distribuiu um fôlder e reuniu o grupo para dar instruções. O folheto trazia um mapa de Ilhabela, sinalizando os locais, nomes e datas de duas dezenas de navios naufragados. O mais antigo, *Crest*, era inglês e afundou em 1882. O mais recente, o petroleiro grego *Alina P.*, foi vitimado por um incêndio no réveillon de 1991. O pessoal examinou o mapa. Dúvidas e comentários choveram sobre o instrutor:

– Uau!... São naufrágios demais!
– Todos podem ser visitados?
– Ficam a que profundidades?

– Por que tantos acidentes em Ilhabela?

– É verdade que estamos no "Triângulo das Bermudas" brasileiro?

Sim, confirmou Ulisses, a região era um cemitério de navios, daí ser comparada ao "Triângulo das Bermudas", no Caribe. Havia mais naufrágios que os assinalados no mapa. Esses eram os principais, ocorridos nos séculos XIX e XX. Se a relação incluísse os "antigos", o número seria maior. Segundo documentos, a nau pirata *Pamelar* já aterrorizava os ilhéus em 1721.

– Piratas?! – surpreenderam-se alguns. – Eles estiveram mesmo aqui?!

Sim, explicou o mergulhador. Durante 300 anos, entre os séculos XVI e XIX, Ilhabela foi refúgio de corsários ingleses, franceses e holandeses que pilhavam navios no nosso litoral. Seu alvo eram as naus portuguesas e espanholas que voltavam à Europa levando ouro das colônias. A abundância de água doce e a existência de portos abrigados como o Saco do Sombrio tornavam a Ilha o esconderijo ideal. Um dos piratas que esteve no Sombrio foi o famoso Thomas Cavendish, que trabalhava para a coroa britânica e atacou Santos no Natal de 1591.

– Ouvi dizer que as rochas daqui são como ímãs – disse um rapaz. – Atraem os navios para o costão...

Verdade também, Ulisses assentiu. Essa era uma das principais razões para tantos naufrágios. As rochas de Ilhabela, de origem vulcânica, contêm minérios que desregulavam a agulha da bússola, fazendo o navio perder o rumo. Ao se aproximar da Ilha, ele ficava sujeito à ação do desvio magnético da bússola. Isso antes do GPS, claro! Atualmente é possível saber com precisão a posição de um barco.

© JEANNIS PLATON/HISTORIADOR/MUSEU NÁUTICO ILHABELA

– Há todo tipo de embarcações afundadas na Ilha – resumiu Ulisses. – A vela, a vapor, pesqueiros, rebocadores, navios de guerra, de contrabando, e paquetes como o *Príncipe de Astúrias*, misto de passageiros e carga...

– *Príncipe de Astúrias*?!...

À menção do nome, muitos olhos brilharam. Emilio se aproximou para ouvir melhor. A maioria sabia que o navio espanhol, que viajava de Barcelona a Buenos Aires, tinha sido o maior naufrágio da América do Sul, comparável ao do *Titanic* em número de vítimas. Só que mais trágico. O *Titanic* levou duas horas para afundar, depois de bater num *iceberg*. O *Astúrias* foi a pique em cinco minutos, enquanto os passageiros se divertiam num baile de carnaval.

– Que tragédia! Quando aconteceu? – perguntou uma garota.

– Quatro anos depois do *Titanic*. No dia 5 de março de 1916.

– Há quase 100 anos, então!

– Exato, o centenário do naufrágio do *Príncipe de Astúrias* está próximo – lembrou Ulisses. – É uma boa data para recordar os fatos. Um povo tem o dever de preservar sua história, não acham?

O *Argonauta* desligou os motores e lançou âncora. Estavam na Ponta da Sela, no extremo sul da Ilha, fora do canal. A excitação com a proximidade do mergulho era tão grande que apenas Emilio prestou atenção no final da frase.

– Um dia vamos mergulhar no *Astúrias*? – indagou, intuindo a resposta.

LÍNEA BRASIL - PLATA

SERVICIO FIJO Y DE GRAN LUJO
POR LOS VELOCES Y SUNTUOSOS PAQUETES

"Infanta Isabel" y "Príncipe de Asturias"
a dos máquinas y doble hélice

SERVICIO EVENTUAL
por los magníficos y grandes vapores

CÁDIZ y BARCELONA

FLOTA

Nombre de los Vapores	Desplazamiento
Príncipe de Asturias	16.500 toneladas
Infanta Isabel	16.500

udo era muito es-
dotes de coração,
mais humilde até
na sociedade.

A" acaba de rece-
ldade de cerejas,
d'agua e peras pe-
elo paquete Desna,

ECHOS DE

O "Principe de

– No futuro, quem sabe? Só mergulhadores experientes chegam lá. Assim mesmo, o risco é alto...

Como em todo aprendizado, começariam pelos mais fáceis. Olharam no mapa. No mar, cerca de 20 metros abaixo deles estava o *Velásquez*.

O equipamento foi colocado e checado: roupas de neoprene, *aqualung*, colete, mangueiras, cinto de lastro, manônetro, profundímetro, nadadeiras, máscaras. Aquele era sempre um momento mágico: corações disparados, adrenalina a mil, concentração para não esquecer nenhum detalhe e as recomendações de praxe:

"Não joguem lixo na água."

"Não tirem nada vivo do mar."

"Não se esqueçam da descompressão na volta. Subam devagar."

"Qualquer problema, é só erguer a mão e sinalizar."

2. Príncipe Submerso

Quando um navio naufraga, uma nova cadeia de vida se forma embaixo d'água. Seres marinhos invadem os escombros e constroem um novo hábitat. Primeiro chegam as algas, depois os peixes, até que, em pouco tempo, a embarcação abriga uma fantástica colônia submersa.

Foi o que fascinou os jovens ao mergulhar no *Velásquez*, navio inglês que afundou em 1908, quando levava café brasileiro de Santos para Nova Iorque. Era um dos naufrágios mais visitados de Ilhabela, pois ficava em local de fácil acesso e não oferecia risco de desmoronar. Ao submergir, o *Velásquez* se partiu em vários pedaços. Os escombros se espalhavam pela areia e serviam de morada a peixes de cores e tamanhos inimagináveis, alguns imensos, entocados nas caldeiras bem conservadas.

Um erro de navegação fizera o *Velásquez* encalhar antes de afundar. Por isso, houve tempo para salvar todos os que estavam a bordo. Mas a carga se perdeu no mar. As últimas sacas de café foram levadas pelos caiçaras, que adoravam quando um presente desses surgia em suas portas. Para justificar o saque de mercadorias havia até um dito popular: "achado não é roubado".

Emilio voltou à tona impressionado. Tinha visto arraias descansando no fundo e tocado numa das pás da hélice. A âncora e as correntes do *Velásquez* ainda estavam sobre as pedras. Emilio sentiu alívio ao pensar que não tinha havido vítimas fatais nesse naufrágio. Ninguém ali sofrera o desespero dos passageiros do *Príncipe de Astúrias*, que perderam maridos, esposas, filhos, irmãos, pais e amigos, e ainda tiveram seus bens tragados pelo mar.

23

© JEANNIS PLATON/HISTORIADOR/MUSEU NÁUTICO ILHABELA

Ponta das Canas

Ilha Vitória

Ponta Grossa

São Sebastião   Vila

Ilhabela
Ilha de São Sebastião

Ilha de Buzios

Baía de
Castelhanos

Príncipe de Asturias

Piraçununga

Príncipe de Asturias
Ponta da Pirabura

Ponta do Boi

Rota Alterada
Rota Original

© JEANNIS PLATON/HISTORIADOR/MUSEU NÁUTICO ILHABELA

Quantos não haviam vendido tudo o que possuíam para tentar a sorte no Brasil, Argentina ou Uruguai? Quantos não traziam joias e dinheiro costurados na barra do casaco ou confiados ao Comandante José Lotina, que instalara um cofre em sua cabine para garantir que os valores dos passageiros viajassem a salvo? Quantos deles não haviam abandonado a casa, as terras, a lavoura para começar uma vida nova na América? A Europa vivia os anos difíceis da Primeira Guerra Mundial. Antes que a fome apertasse e os filhos fossem morrer no *front*, centenas de famílias preferiram emigrar.

– Por que o *Astúrias* naufragou?... – refletiu Emilio consigo mesmo, sem se dar conta de que falava em voz alta.

– Tem muito interesse nessa história, não é? – perguntou Ulisses, que o observava. – Algum motivo especial?

Desde o início, o instrutor percebeu que aquele aluno se destacava dos demais. Tinha ideias firmes e demonstrava experiência no mar. Uma conversa que surgiu certa manhã no grupo mostrou-lhe que não estava enganado.

– Não se pode extrair objetos de um sítio submerso – dizia Emilio, em português fluente, apesar do sotaque. – Seria como violar a cena do crime, me entendem? Pensem no detetive que investiga um assassinato. Cada detalhe do local do crime ajuda a explicá-lo. O arqueólogo subaquático é um detetive que investiga o passado. Ele trabalha com o contexto em que se deu o naufrágio.

Nesse dia, Ulisses soube que Emilio viera ao Brasil para especializar-se em Arqueologia Subaquática. Havia concluído a faculdade e ficaria dois anos em São Paulo. Tinha estudado português na Argentina, só o básico. Como entre as habilidades exigidas no curso incluía-se o mergulho profissional, ele se inscreveu nas aulas que Ulisses ministrava. Tinha alugado um chalé em Ilhabela com dois amigos argentinos. Os três estavam adorando as férias.

– Então, Emilio... – Ulisses repetiu a pergunta. – Seu interesse pelo *Príncipe de Astúrias* tem algum motivo especial?

– *Bueno*... Vários! – respondeu o garoto, olhando o mar. A animação dos alunos voltando do *Velásquez* alegrava o convés. – Vou lhe contar, mas antes me diga: você já mergulhou no *Astúrias*? Poderei fazer isso algum dia? Em que profundidade ele está?

– Mergulhei muitas vezes no *Astúrias* – confirmou o grego, com a emoção modulando a voz. – Não é fácil, mas, se adquirir experiência, você conseguirá. Terei prazer em guiá-lo. Nosso *Príncipe* está submerso aos pedaços, espalhados num raio de 1.500 metros quadrados, a quarenta metros de profundidade. Além do choque contra a laje, que rasgou seu casco de fora a fora, as caldeiras explodiram em contato com a água. Por isso ele afundou tão depressa.

– Hora de retornar, gente! – chamou um dos instrutores. O *Argonauta* se preparava para zarpar. – Amanhã tem mais!

Um lanche foi servido a bordo. Todos estavam famintos e cansados. Emilio pegou um sanduíche e um suco de manga e foi sentar junto de Ulisses na proa do barco. O visual dali era fantástico.

Conhecia a história do *Astúrias* desde menino, contou, pois em Buenos Aires muitos perderam parentes e amigos na tragédia. Com a proximidade do centenário, a mídia argentina vinha reproduzindo reportagens do passado. Falava-se em centenas de imigrantes clandestinos, em roubo de carga, em milhões de libras esterlinas a bordo. E havia a maldição das estátuas...

– Maldição das estátuas?!...

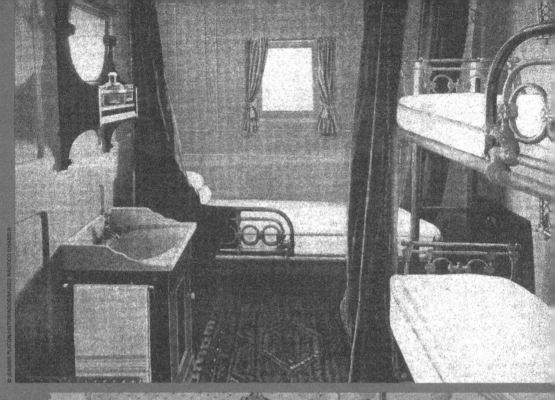

Emilio informou que o *Astúrias* trazia vinte estátuas em bronze fundido, encomendadas a um escultor espanhol para o monumento *La Carta Magna y las Cuatro Regiones Argentinas*. Um presente da colônia espanhola de Buenos Aires ao povo argentino no centenário da independência do país, em 1910.

28

– É o *Monumento de los Espanholes*, no bairro de Palermo, em Buenos Aires – disse o rapaz. – Mas as estátuas que estão lá hoje são réplicas.

Desde o início parecia haver algo estranho com elas, explicou Emilio. O escultor morreu sem concluir a obra. Seu sucessor faleceu um ano depois. Mais tarde houve uma greve na fábrica de mármore que forneceu as bases do monumento. Por fim, com seis anos de atraso, as estátuas foram embarcadas no *Astúrias*. O jornalista Juan Mas y Pi, redator-chefe de *El Diario Español*, de Buenos Aires, foi à Espanha acompanhar o transporte. Viajou com a esposa, a brasileira Sylla da Silva. Voltavam num luxuoso camarote de primeira classe.

– O resto a gente conhece – concluiu Emilio. – Juan Mas y Pi, a esposa e as estátuas acabaram no fundo do mar. Exceto uma delas, que, segundo me disseram, foi resgatada e está no Museu da Marinha, no Rio de Janeiro. Mas sem um braço.

O sol estava baixo. O *Argonauta* entrou outra vez no canal. O vaivém das balsas trazendo carros para Ilhabela era intenso em janeiro. A população de 30 mil habitantes triplicava nas férias.

Depois de um breve silêncio, Ulisses comentou:

– Você é outro que, como eu, ouviu o canto da sereia.

– Canto da sereia?

– Um navio afundado enfeitiça os homens tanto quanto essa tal criatura que é metade peixe, metade mulher. Não lhe disseram que quem resgatou a estátua fomos eu e minha equipe do *Argonauta*?

A emoção deixou Emilio sem fala. Encarou com espanto o mergulhador. Seus olhos estavam úmidos quando, por fim, balbuciou:

– Então você é o cara!... *Bueno*, a razão do meu interesse pelo Astúrias é que meu avô, Federico Guerrero, foi um dos sobreviventes do naufrágio.

Foi a vez de Ulisses arregalar os olhos. Emilio, neto de um náufrago?! Há trinta anos pesquisava o naufrágio do *Astúrias*. Nunca tinha ouvido o nome de Federico Guerrero. Iam ter muita coisa para conversar.

– Além disso, ouvi o canto de outra sereia... pela internet – completou Emilio, dando risada. – Dois bons motivos para estar na Ilha. Vou encontrá-la hoje à noite pela primeira vez.

ITINERARIO

DE LOS VAPORES

PRÍNCIPE DE ASTURIAS E INFANTA ISABEL

IDA

Salida mensual de .... el día 17
  BARCELONA .... » 18
  VALENCIA .... » 19
  ALMERÍA .... » 21
  CÁDIZ ....

para Las Palmas, Santos (o Rio de Janeiro), Montevideo y Buenos Aires.   Travesía en 15 días

3. O canto da sereia

Bem antes do horário combinado, Mariana esperava Emilio na Vila. Já tinha passeado pelo píer, olhado as vitrines das lojas, tomado um sorvete no Rocha, dado um giro no calçadão e subido a escadaria da igreja para pedir a Nossa Senhora D´Ajuda e Bom Sucesso, padroeira de Ilhabela, que a poupasse de outra decepção. Se o argentino não fosse um cara legal, melhor que nem aparecesse.

Ainda estava machucada com o fim de um namoro de três anos e com o fracasso no vestibular. Tudo bem, tinha só 17 anos e ia fazer cursinho, mas foi triste não ver seu nome na lista de aprovados. Para completar, o pai a obrigou a vir para Ilhabela cuidar de Bisa Angelina em vez de viajar com a turma para o Nordeste. Mariana se sentia feia e desajustada. Era a primeira vez que recorria à internet para conhecer gente. E nem era um *site* de relacionamentos, era um *site* de pessoas que curtiam Ilhabela.

Por que havia buscado esse *site*? Pelo mesmo motivo que Emilio: já que viria para a Ilha, queria se situar. O argentino não conhecia o Brasil, mas ela, que passou muitos verões em Ilhabela quando criança e não pisava ali havia um bom tempo, precisava ter noção de como estava o lugar. Teria mudado muito? Encontraria conhecidos? O que fazer por lá?

O centrinho parecia igual. A livraria *Ponto das Letras*, com o café cheio de gente bonita. O restaurante *Cheiro Verde*, o melhor prato feito da Ilha. A tradicional sorveteria *Rocha*, do tempo da Bisa. Sabores incríveis. As lojas de roupas transadas, barzinhos, galerias. A diferença era a quantidade de turistas que circulava por tudo, trazidos pelos cruzeiros que despejavam na Vila milhares de visitantes por dia. Isso ela não conhecia.

Ilhabela, 04 de maio de 1916

Santos. Docas. Vapor Nacional „Guasca".

distribui...

o grupo. O galhito...

mapa da Ilhabela.

O mais antigo, creio, era inglês

e afundou em 1882.

Sim, confirmou Ulisses, a

região era um cemitério de

navios, daí ser comparada

ao "Triângulo das Bermudas",

no Caribe.

Mas não havia navios àquela hora e Mariana chegou facilmente aos canhões da praça, onde marcara encontro com Emilio. Um pirata em trajes típicos se oferecia para posar para fotos em troca de moedinhas. Mariana se distraiu vendo a cena e foi surpreendida ao ouvir seu nome num forte sotaque castelhano, com o á aberto e não nasalado, como se pronuncia no Brasil.

– Mariána???...

Voltou-se e deu com o garoto olhando-a interrogativamente, à espera da confirmação. A primeira coisa que chamou sua atenção foram os olhos dele, muito azuis. Era mais baixo do que imaginava, mas gostou do conjunto: cabelos curtos, brinquinho na orelha esquerda, magro e forte, um sorriso lindo.

– Sou Mariana, muito prazer – estendeu a mão, sem saber se oferecia o rosto para os dois beijinhos. – Você deve ser Emilio.

Ele beijou-a no rosto. Já conhecia o jeito brasileiro de se cumprimentar.

– O prazer é meu. Emilio Guerrero. Encantado, *señorita*.

– Como me reconheceu, se eu estava de costas?

– Pelo cabelo. É mais bonito do que parecia *online*.

Ela sorriu ao ouvir o elogio. Não achava seu cabelo bonito. Emilio continuou, tentando ser natural:

– *Acá estámos, Mariána.* Saímos do imaginário para a vida real...

O jeito de ele falar era engraçado. Mariana relaxou. Os dois começaram a rir, o gelo se quebrou e a conversa fluiu. Fluiu tão rápido que parecia que se conheciam de muito tempo atrás. Andaram pelo píer, olhando o mar. A Vila lembrava um presépio. Do outro lado do canal, as luzes de São Sebastião sinalizavam a orla como se fosse um colar.

Emilio disse que estava adorando a Ilha, os brasileiros e as aulas de mergulho. Contou da hospedagem no chalé com os amigos de Mendoza, sua cidade. Falou de Mendoza, na fronteira com o Chile, ao pé da Cordilheira dos Andes, cenário bem diferente daquele, mas também lindíssimo. Dos parreirais a perder de vista, região onde se fabricavam bons vinhos. Ele havia crescido entre cachos de uva, brincou, pois sua família possuía uma pequena vinícola.

– E você, Mariána? Onde está hospedada? Está gostando das férias na Ilha? Veio com sua família?

– Não são exatamente férias – disse a menina, reticente. – Vim pra ficar com a minha avó, ela mora aqui. Quer dizer, não é avó, é minha Bisa.

– Sua bisavó está viva? – Emilio se surpreendeu. – E mora em Ilhabela, que maravilha! Que idade ela tem?

– Você não vai acreditar... Noventa e tantos anos... Quase 100... É por isso que eu vim. Pra resolver umas coisas pra ela. Meu pai insistiu. Bisa Angelina é como se fosse mãe dele, sabe? Ela o criou. A mãe do meu pai, filha de Bisa Angelina, Vó Florência, morreu quando ele nasceu. – Fez uma pausa, aflita: – Esse papo de família te interessa? Não estou aborrecendo você?

– Claro que não, Mariána! Estou encantado a ouvi-la. Imagine ter uma bisavó de quase 100 anos que mora nesta Ilha! Está lúcida? Com quem vive?

– Lúcida? – A menina deu risada. – Lúcida até demais! Bisa Angelina só faz o que quer, não obedece ninguém e manda em toda a família.

Emilio também riu. Estava achando a menina encantadora, além de bonita. Mais do que parecia quando se comunicavam *online*. "O canto da sereia me enfeitiçou", pensou. Apontou para o café do outro lado da praça e propôs.

34

– Quer sentar um *poquito*? Vamos tomar um cafêzinho?

Ela aceitou. Estava achando o argentino bem interessante. Ainda mais com aquele sotaque: Mariána, poquito, cafêzinho...

Ocuparam uma mesinha nos fundos. Nas paredes havia quadros de artistas brasileiros. Pediram tortas e *capuccinos*. Emilio queria saber mais sobre Bisa Angelina. Por que ela morava na Ilha?

– Ela vive aqui há muitos anos, desde que Biso Chico, seu marido, morreu. Adora Ilhabela. Tem uma casa antiga num terreno enorme, cheio de árvores. Quase uma chácara dentro da cidade. Quem toma conta de tudo é a Cleusa, uma cuidadora que está há tantos anos com a gente que faz parte da família. Desde criança eu passo férias na Ilha.

– Férias *acá*, que sorte incrível! Que infância maravilhosa deve ter sido!

Diante do entusiasmo dele, Mariana foi abrindo janelinhas. Contou que era filha caçula de pais separados. Vivia em São Paulo com a mãe e dois irmãos. Tinha pouco contato com a família do pai, Ernesto. Uma família em que predominavam homens, tios-avós distantes que ela mal conhecia. O pai era um cara simpático de 57 anos, cheio de namoradas e viagens pelo mundo. Bisa Angelina tivera uma única filha mulher, Florência, que morrera de parto, como havia dito. E a mãe da Bisa, *Marianna*, só tivera ela como filha. Além de três filhos homens cada uma. Na geração atual, Mariana era a única menina.

– Então você tem o mesmo nome da sua... como se diz?... A mãe da bisavó é tataravó? – perguntou Emilio.

– Trisavó – ensinou. – Isso mesmo, meu nome é Mariana por causa dela. Herdei seu nome, mas sem um *ene*. Ela era *Marianna* com dois *enes*. Era espanhola. Veio da Catalunha para casar no Brasil.

Emilio observava-a do outro lado da mesa, atento a cada gesto que ela fazia. Mariana admitiu a si mesma que era bom conversar com o argentino.

– Sua Bisa vai fazer 100 anos! – repetiu Emilio, empolgado.

– Será outro centenário por aqui. Ela tem a idade do naufrágio do *Príncipe de Astúrias*!

Mariana esperava que ele tocasse no assunto. Havia mencionado seu interesse pelo *Astúrias* quando falavam *online*. Seu avô tinha sobrevivido ao naufrágio. Emilio soubera disso pouco antes de o avô morrer. Mariana tinha ido atrás de informações. Tinha a impressão de ter ouvido o nome em reuniões de família. Um dos irmãos a flagrou procurando artigos na internet e confirmou:

– Acho que algum parente da Bisa estava no *Astúrias*. Talvez a mãe dela, *Marianna*, sua xará... Deve ter sido horrível, pois a Bisa não gosta de falar nisso. Quem sabe se você insistir...

Pelo jeito, Bisa Angelina não lembrava mais de nada. Desde que chegou à Ilha, Mariana fez várias tentativas em vão. O nome *Príncipe de Astúrias* parecia deixá-la indiferente. Olhava a bisneta e repetia:

– Príncipe o quê? Na minha idade a gente não tem mais cabeça. Tudo se esvaziou...

Assim, Mariana não pôde surpreender Emilio com informações sobre o naufrágio, como gostaria. No café, ele falou da sua vontade de mergulhar nos escombros. "Que coragem!", ela pensou. Preferiu não contar que sentia um medo inexplicável de águas profundas. Mergulhar, nem em sonhos.

– O que vai fazer amanhã? – perguntou Emilio ao se despedirem.

– Uma grande faxina na casa da Bisa. Quer ajudar? – ela brincou.

– Eu gostaria muito – o tom era sincero. – Mas tenho aula de mergulho o dia inteiro. Ligo quando voltar. Se você quiser, nos vemos à noite na Vila.

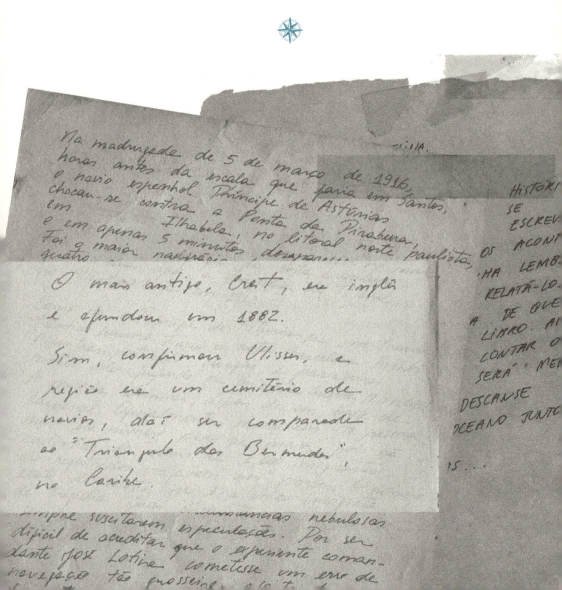

4. Grande faxina

Pouca gente sabia que, por trás do portão azul, na ruazinha que subia o morro, havia um jardim secreto. Mariana empurrou o portão, fechou-o atrás de si e pisou com firmeza no caminho de terra, pedras e musgo. Não precisava de lanterna para andar entre os arbustos, samambaias, trepadeiras, palmeiras e árvores frutíferas que havia ali. Conhecia cada passo da entrada estreita, que se alargava até a clareira onde ficava a casa branca, de portas e janelas azuis. Havia uma luz acesa na varanda. Bisa Angelina e Cleusa estavam dormindo.

Mariana sentou num degrau, como quando era criança, e respirou o ar da noite. Não tinha sono ainda. Sentia o perfume das mangas maduras caídas das mangueiras e ouvia o som do riacho que corria atrás do terreno, onde na infância ela catava siris. Agora existia uma cerca separando o riozinho da rua. A água estava poluída, não havia mais siris. Nem tudo era perfeito como Emilio acreditava. O abandono em que estavam a casa e o terreno era de entristecer qualquer um.

O mato tomava conta do jardim. Ninguém varria as folhas secas caídas. Havia goteiras no telhado, telhas e janelas quebradas, portas sem trinco, canos enferrujados e areia por tudo. Debaixo da pia da cozinha, a umidade tinha feito estragos. Manchas de mofo se misturavam a panelas sem cabo e utensílios em péssimo estado. Do chuveiro entupido saía um fiozinho d'água.

Como é que deixaram as coisas chegar àquele ponto, como?! Não era à toa que a Bisa andava triste, entrevada, encolhida. Sentada na frente da tevê, assistindo a tragédias, sem ânimo para abrir as cortinas. A pobre Cleusa fazia o que podia, mas que criatura daria conta daquele canteiro de obras sozinha?

Quanto mais Mariana pensava, mais sua raiva crescia. Por que seu pai e os outros filhos, netos e bisnetos da Bisa não tomaram providências antes? Por que não contrataram jardineiro, pedreiro, eletricista para fazer a manutenção de tudo? Por que ela, Mariana, tinha sido "a escolhida" para cuidar das reformas? Por ser a mais nova, a que não trabalhava ainda? Eram todos folgados, isso sim! Ninguém visitava a Bisa, e agora que os 100 anos dela estavam próximos, queriam dar uma festa e ela, Mariana, fora incumbida dos preparativos.

Lembrou da cena que teve com a mãe quando foi intimada pelo pai a viajar para a Ilha. Ela se colocara a favor – justo ela que não concordava com nada que o ex-marido dizia!

– Você vai, sim, Mariana! Não interessa se pensa que os parentes do seu pai são folgados. Dona Angelina está precisando de ajuda. Gosto demais dela. Lembra de quantos verões passamos na Ilha quando você era pequena?

A garota sentiu vontade de gritar, mas de nada adiantaria. Quando a mãe a chamava de Mariana e não de Mari, era assunto resolvido. Só restava arrumar a mala e obedecer. De repente, a mãe amenizou o tom:

– Escuta só, Mari. Dona Angelina me ligou insistindo pra você passar uns dias com ela. Sente saudade, tem medo de não chegar aos 100 anos. Não sei se ela está doente ou se tem algum pressentimento. Acho que deve atender ao pedido, independentemente dos consertos na casa. Ela sempre foi uma bisavó maravilhosa, não é? – Para encerrar a conversa, a mãe deu um conselho: – Aproveita a companhia dela, filha. Dona Angelina é uma senhora culta e inteligente. Tem muita história pra contar. Você não vai se arrepender.

O que Mariana não confessou a ninguém foi que o empurrãozinho que faltava para descer a serra tinha vindo da internet. Quer dizer: de um argentino chamado Emilio Guerrero.

Ele não iria a Ilhabela na mesma época? Era sua chance de conhecê-lo pessoalmente...

Lembrar de Emilio fez Mariana sorrir. Tinha gostado dele. Suas preces foram ouvidas, graças a Deus! Ele parecia legal e também havia gostado dela, senão não ia marcar novo encontro. Isso lhe dava ânimo para encarar a faxina do dia seguinte, que não seria brincadeira. Um casal de caiçaras, dona Eulália e Seu Tião, viria auxiliá-la na missão. Ele era pedreiro e entendia também de eletricidade, encanamentos, consertos. Veria o que precisaria ser feito.

O sono chegou e Mariana entrou em casa. Dormiu pesado. Acordou com os passarinhos cantando. O cheirinho gostoso de café recém-coado invadiu o quarto. Pulou da cama e abriu a janela para um dia azul e ensolarado. Cleusa arrumava a mesa do café da manhã na varanda.

– Bom dia, Cleusa. A Bisa já levantou? – perguntou, se espreguiçando.

– Bom dia, Mariana. Ela acordou e está se vestindo no banheiro. Que bom que veio! Dona Angelina estava tão ansiosa, esperando... Tinha medo de morrer sem ver você mais uma vez. A única bisneta mulher que ela tem.

– Quem falou em morrer, gente? A Bisa está vendendo saúde! Vamos fazer uma festança no dia dos 100 anos.

– Não quero festa. Comemorar o quê? – disse uma voz lá de dentro.

Era a Bisa surgindo no corredor. Mariana sabia que ela queria, e muito, a comemoração. Dizia o contrário para que insistissem e repetissem o quanto era querida e importante para todos.

– Que linda você está, Bisa! – a menina recebeu-a com um beijo.

40

Era baixinha, magra, com grandes olhos escuros e cabelos parecendo flocos brancos. Vinha faceira, os brincos e o colar combinando com a blusa de gola engomada e rendinha na ponta. Era visível o quanto havia melhorado desde a chegada da "filha de Ernesto", a "neta de Florência", como costumava dizer. Sua expressão já não era triste. Os passos já não estavam trôpegos.

Mariana ajudou-a a se sentar e Cleusa serviu-lhe café com leite e um pãozinho tirado do forno, com a manteiga derretendo. Filha de espanhóis, casada por 60 anos com um italiano, dona Angelina gostava de comer bem. E, mesmo depois de ficar diabética, não admitia que a impedissem de saborear um pão branco crocante.

– Não me falem em pão integral, que detesto – dizia sempre.

Mariana pisava em ovos. Queria preparar a bisavó para a faxina, mas não sabia como. Bisa Angelina não gostava de intromissões em seus domínios, por mínimas que fossem. Imagine ver a casa dela sendo revirada no avesso!

– Bisa, hoje vamos iniciar uma pequena arrumação aqui... – começou Mariana. – Você não precisa se preocupar com nada. Fique descansando na rede. Dona Eulália e Seu Tião são gente de confiança. Vamos deixar a casa linda para a festa de 100 anos. A bagunça vai durar uns dias, tenha paciência...

Para espanto da menina, a velha senhora não fez nenhuma objeção ao projeto. Ao contrário, parecia até estar gostando. Deu um sorrisinho maroto e surpreendeu a bisneta e a cuidadora, dizendo:

– Vamos passear na Vila, Cleusa. Quero almoçar num restaurante hoje. Comece a faxina pelo meu quarto, Mariana. Pode arrumar do seu jeito e jogar fora o que quiser. Tem um monte de velharias dentro da arca e das gavetas.

5. A arca da Bisa

A casa da Bisa era uma construção despojada, mas sólida, erguida meio século antes pelo bisavô Francisco para a família passar férias. Era térrea e consistia num amontoado de cômodos, móveis, livros, quadros, louças, cristais e objetos de todas as épocas, acumulados ao longo da vida, e também os trazidos pelos filhos, netos e bisnetos, que, por falta de espaço em suas casas, pediam para guardá-los "por um tempo" e esqueciam-se deles.

Mariana deu uma olhada em tudo e suspirou com desânimo. Difícil seria chegar até a arca... Tinha planejado começar pela cozinha, de onde descartaria a maior parte das coisas. Depois compraria outras. O pai lhe dera carta branca para gastar o quanto precisasse. Ernesto confiava na filha, pois sabia que ela era organizada e econômica.

– Imagina o que vai sair daqui de dentro! – exclamou a garota.

Pensou melhor e decidiu delegar a cozinha aos ajudantes. Dona Eulália limparia os armários, tirando as panelas e louças velhas, e Seu Tião poderia consertar os encanamentos. Enquanto isso, ela aproveitaria a ausência da Bisa para arrumar suas gavetas e a tal arca de bugigangas.

O quarto era o primeiro do corredor. Mariana escancarou as cortinas e o sol inundou o aposento. Era amplo, com uma cama de casal no centro. Fazia parte da mobília que os bisavós usaram em seu longo casamento. As outras peças eram o guarda-roupa de cinco portas, com um espelho na porta do meio, dois criados--mudos, a cômoda, a penteadeira e a arca. Tudo em madeira escura, como se fazia antigamente.

Mariana inspecionou o armário. Parecia ter sido arrumado havia pouco: roupas penduradas e dobradas, lençóis, fronhas, toalhas de banho, tudo limpo e cheiroso. "É o capricho da Cleusa", pensou. Já na cômoda a bagunça era grande. As gavetas mal abriam de tão cheias. Mariana levou parte da manhã separando o conteúdo delas em cima da cama. Havia muitos papéis, recortes de jornal, fotos, cartas, santinhos e missais amarelados pelo tempo. Uma série de "atchims" acompanhava o trabalho. O cheiro de mofo provocava espirros em Mariana. O impulso de jogar tudo fora era grande, mas notou que havia coisas preciosas entre outras sem importância. Uma delas lhe chamou a atenção...

Então a Bisa havia conhecido Waldemar Belisário, um dos pintores que participaram da Semana de Arte Moderna de 1922?!. Mariana tinha estudado o assunto para o vestibular, por isso reconheceu o nome. Senão, não hesitaria em botar no lixo a pasta que guardava a história de uma amizade que, pelo jeito, havia durado muito anos...

Ali estavam Waldemar Belisário e a esposa, Celina Guimarães, na casa deles no bairro do Perequê, junto de Bisa Angelina e Biso Chico, entre quadros e plantas. A foto era de 1975. Os bisavós pareciam mais jovens que o casal, já idoso. Pelos recortes de jornal, Mariana soube que Belisário havia chegado a Ilhabela em 1929, com a ideia de pintar quadros e expô-los na França. Em vez de ir a Paris, porém, comprou um sítio na longínqua praia de Castelhanos e ali montou seu atelier. Foi onde conheceu Celina, professora do grupo escolar, cantora e pintora. Casaram-se em 1937. Em 1963, mudaram para o Perequê.

– É o túnel do tempo, gente!

Da cozinha vinha uma barulheira danada. A menina deixou a papelada de lado e foi beber um copo d'água. Dona Eulália e Seu Tião tinham tirado tudo do lugar e estavam em plena ação. Mariana voltou ao quarto. Se fosse ler cada coisa que achava nas gavetas, levaria um ano...

Fechou a pasta "dos pintores", não sem antes constatar sinais de outras amizades dos bisavós com artistas que viveram na Ilha na década de 1970: o alemão Frederico Scheidt, que assinava as aquarelas penduradas na sala de visitas; o jovem casal Jannik Pagh e Lavínia, ele um dinamarquês loiro e alto, ela uma brasileira baixinha e morena... E outros... Havia fotos da exposição coletiva que fizeram em 1977, na Colônia dos Pescadores. Seu pai tinha estado por lá. Usava barba e cabelos longos. Devia ter 19 anos...

Incapaz de decidir o destino de tantas lembranças, Mariana guardou-as outra vez nas gavetas. "Vou encarar logo a arca", disse a si mesma. O móvel ficava embaixo da janela e era tão pesado que não dava para arrastar. A garota puxou o banquinho da penteadeira para perto dele e sentou. Abriu a tampa abaulada e o cheiro de naftalina preparou-a para outra viagem no tempo. E foi tirando coisas lá de dentro...

Agulhas de tricô, amostras de crochê, meadas de linha, revistas, toalhas bordadas em ponto cruz, roupinhas de todos os filhos e netos da Bisa quando bebês... Dos bisnetos, só encontrou as que foram dela. Uma caixa de papelão com o nome "Mariana" abrigava chapeuzinhos e vestidos embrulhados em papel de seda. Havia caixas com fotografias – muitas! – da casa de Ilhabela em várias épocas, com diferentes gerações de pessoas. Boletins escolares de seu pai, Ernesto, ordenados cronologicamente. Uma caixinha de música que tocava "Pour Elise", de Beethoven. Uma colcha de retalhos. Mantilhas de renda típicas da Espanha. Brincos, anéis e colares de outros tempos.

Quando não restava mais quase nada na arca, Mariana viu a caixa.

Era funda e redonda, do tipo onde se guardavam chapéus antigamente. Abriu a tampa, curiosa. Um xale de seda pura, adornado com franjas e bordado com flores, embrulhava algo sólido como um livro. A menina tinha visto aquele xale antes. Lembrou de onde: na única foto que existia na família da trisavó *Marianna*. Uma jovem espanhola de olhos grandes e tristes, ao lado do marido, Carlos Ortiz, no dia do casamento, em Santos. Em vez de vestido de noiva, ela usava o xale enrolado sobre os ombros.

Mariana sentiu o coração bater bem forte, como quem pressente a descoberta de um tesouro. Desfez as dobras do xale e encontrou um caderno de capa dura, encadernado em veludo vermelho. Na primeira página estava escrito, com caneta tinteiro, numa letra simétrica e bem-feita: *"El libro de Marianna"*.

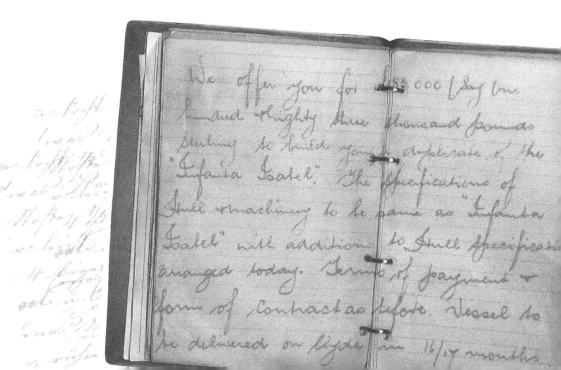

Um livro escrito à mão pela mãe da Bisa Angelina? Nunca soube que sua xará tivesse sido escritora... Folheou-o ao acaso. Escrito em português e não em espanhol, constatou. As folhas estavam totalmente preenchidas pela letra bonita, mas aquilo não era um livro e sim o diário de uma moça de outros tempos. Algumas páginas pareciam ter sido arrancadas e substituídas por outras, como que para corrigir ou acrescentar certas coisas.

Mariana voltou ao início, procurando uma data, uma orientação. Com o coração disparado, tuque-tuque-tuque, encontrou colado um cartão postal com a figura de um navio, *El Principe de Asturias*. Acima dele o nome e local da empresa de navegação: *Pinillos, Izquierdo Y Cia., Cadiz, España*.

O texto começava assim:

Barcelona, 17 de fevereiro de 1916.

PARTE II
MAR ABERTO

... *O* amor não está
na costa nem nas ilhas
nem na beira dos rios.
Não é um porto de chegada
nem um desembarque.
O amor é um encontro em
mar aberto.
Alguém nos lança um sinal
e nos convida ao convés
para provar um vinho.

Renato Modernell
O novo argonauta

6. *El Libro de Marianna*

Ao encontrar o livro da trisavó *Marianna* embrulhado no xale, dentro da caixa de chapéu, no fundo da arca da Bisa, a primeira reação de Mariana foi apertá-lo no peito. A emoção a paralisou. Virou a cabeça e deparou com sua imagem no espelho da penteadeira da Bisa Angelina. Era um charmoso móvel que ela gostaria de ter no seu quarto, pintado de uma cor clarinha. Penteadeiras tinham voltado à moda. E aquela era linda! Baixinha, com o espelho oval e três gavetas de cada lado, bem pequeninas.

Mariana arrastou o banquinho de volta para o lugar, sem desgrudar os olhos da imagem refletida. A de uma menina de 17 anos, de cabelos castanhos e olhos escuros, com o jeito das espanholas da família. Só sua pele era mais clara, herdada da mãe, loira de olhos azuis. Mariana jogou o xale nos ombros e prendeu os cabelos na nuca. Achou-se parecida com a *Marianna* do diário. Os mesmos cabelos lisos, os mesmos olhos expressivos...

O quarto da Bisa estava de pernas para o ar. Ela precisava organizar a arca e continuar a faxina, mas não resistiu a dar uma olhada no início do *Libro*. Abriu a capa e percebeu que havia se enganado. A frase "Barcelona, 17 de fevereiro de 1916" não era a primeira na sequência da leitura. Antes desse trecho havia folhas de outra cor, como se *Marianna* tivesse escrito um prefácio para explicar o que faria. Era uma carta dirigida à Bisa Angelina.

Sentada no banquinho da penteadeira, Mariana leu:

* * *

Querida filha Angelina,

Começo hoje a escrever a história da sua vida, sem saber se a terminarei algum dia. Escreverei aos poucos, conforme os acontecimentos vierem à minha lembrança e eu tiver coragem para relatá-los aqui. Não estou segura de que lhe entregarei este *libro*. Ainda não sei se devo lhe contar o nosso segredo. Se não será melhor para todos que ele descanse para sempre no oceano junto com o *Príncipe de Astúrias*...

Talvez eu lhe ofereça este diário no dia em que você se casar. Ou quando tiver um filho. Talvez nunca. Talvez eu o escreva apenas para mim mesma, para organizar meus pensamentos confusos. Só

Deus sabe se no futuro eu os dividirei com você, minha amada filha.

Começo este relato no dia 12 de novembro de 1918. Ontem, dentro de um vagão de trem na França, foi assinado o armistício que pôs fim à Primeira Guerra Mundial. Tenho 19 anos e você tem dois. Você brinca aos meus pés e eu a observo da escrivaninha. Carlito, seu irmãozinho de 11 meses, dorme no berço ao lado. Escrevo em português porque este é o seu idioma. E será o de seus filhos e netos. Você nasceu no Brasil. Moramos em Santos. Nosso lar é aqui.

Mas eu vim de longe, Angelina. Fui uma entre milhares de pessoas que precisaram buscar outro país onde viver para fugir da guerra na Europa. Meu nome de solteira é Gutierrez. Nasci em 1899 num vilarejo da Catalunha. Minha mãe morreu quando vim ao mundo. Fui criada por meu pai, junto com três irmãos mais velhos. Eu era a única menina. Tínhamos nossa terra, plantávamos. Então a guerra começou e meu pai decidiu me mandar para o Brasil.

Era mais seguro, ele disse. Muitos dos nossos já estavam na América. Um irmão dele, tio José, vivia em Santos com a família. Sua esposa, tia Florência, que você chama de avó, é hoje uma mãe para mim. Mas não foi por vontade própria que deixei meu país. Não achava que corrêssemos perigo. A Espanha não estava em guerra. Ela acontecia nos países vizinhos.

França, Inglaterra, Bélgica, Sérvia, Rússia, lutando contra a Alemanha e o império austro-húngaro. Quando a Itália entrou na guerra do lado dos aliados, em maio de 1915, meu pai não quis esperar mais. Eu não tive escolha, minha filha.

Em fevereiro de 1916, quase dois anos após o início da guerra, meu pai disse que chegara a hora da minha partida. Ele iria mais tarde, com os filhos homens, depois que liquidasse os negócios e vendesse tudo. Eu viajaria para o Brasil na companhia da família Ramírez: o Sr. Hernán, a Sra. Dolores e as duas filhas do casal, Amparo e Pilar. Em Santos, eu seria entregue aos tios José e Florência, que cuidariam do meu casamento com Carlos Ortiz, meu futuro marido. Estava tudo arranjado. Um acerto entre amigos.

Meu pai tirou do bolso um bilhete de segunda classe no transatlântico *Príncipe de Astúrias* e disse que aquele era um palácio flutuante, como os melhores hotéis do mundo. Parecia orgulhoso de poder pagar uma viagem confortável para sua única filha. "Amparo e Pilar dividirão a cabine contigo, vai ser divertido", ele disse. "Logo estaremos juntos."

* * *

– Não está com fome? Vem almoçar, Mariana! – chamou dona Eulália a todo volume, entrando sem avisar no quarto bagunçado da Bisa.

A menina levou tamanho susto que o xale escorregou dos seus ombros e caiu no chão. Só teve tempo de fechar o diário e escondê-lo na última gaveta da penteadeira. Fingiu que estava guardando outras coisas ali.

– Já vou, dona Eulália! Não precisa gritar desse jeito comigo...

– Que lindo o xale de dona Angelina! Estava experimentando, hein! Fica muito bem em você. Parece uma espanholinha...

A boa senhora trabalhava para a família havia muitos anos. Mas Mariana preferia que ela esquecesse a cena que acabava de assistir.

– Não conta pra Bisa, dona Eulália, por favor. Sabe como ela é ciumenta das coisas dela. Se guardou o xale no fundo da arca é porque não quer que ninguém use. Foi da mãe dela, sabia?

– Da mãe da dona Angelina? Nossa, como é antigo!

Mariana guardou novamente o xale na caixa redonda e funda e devolveu-o à arca da Bisa. Por cima, arrumou com cuidado as outras coisas. Só depois que dona Eulália voltou à cozinha é que pegou *El Libro de Marianna* na gaveta da penteadeira. Estava impactada com a descoberta daquela relíquia. Queria ler mais, queria saber tudo...

Por que nunca haviam mencionado a história na família? Ao menos perto dela, pois o irmão parecia saber. Quem mais sabia?

Impossível que o pai não soubesse que a bisavó dele sobreviveu ao naufrágio do *Príncipe de Astúrias*! Que segredo *Marianna* relutava em revelar à filha? Uma coisa era certa: se o *libro* estava na arca da Bisa Angelina, *Marianna* o havia entregado a ela em algum momento da vida.

Antes que dona Eulália viesse chamá-la de novo, Mariana levou o diário para seu quarto, enrolou-o numa camiseta velha e enfiou-o na mochila. Teria que ler escondido. Nem pensar em comentar o assunto com Emilio! Embora ardesse de vontade de contar ao garoto a novidade incrível, seria prudente segurar a língua. Até conhecê-lo melhor, quem sabe... Ou até descobrir o segredo da mãe de Bisa Angelina.

Bastou pensar no argentino para ele aparecer. Enquanto almoçava na varanda, Mariana viu Cleusa e a Bisa voltando da Vila, carregadas de pacotes, coradas e contentes. Tinham feito umas comprinhas. Junto com elas, conversando como se fossem íntimos, vinham três rapazes com sotaque castelhano. Um deles era Emilio.

7. ∎ Fazer a América

– Hola, Mariána! Já conheci dona Angelina. Veja que coincidência. Nos encontramos no portão. Ia tocar a campainha e ela chegou. Apresentei-me e acá estamos. Aceita três jardineiros? Estes são meus amigos Miguelito e Juan.

Mariana ficou tão surpresa que só conseguiu balbuciar:

– Você não ia mergulhar o dia inteiro?!... Ah, muito prazer, meninos...

– Sim, ia. Mas o *Argonauta* teve problemas no motor e voltamos.

– *Argonauta*? – Mariana se sentia uma tola fazendo perguntas só para disfarçar o constrangimento, mas não conseguia evitar.

– É o barco do mergulhador Ulisses, nosso professor. Dona Angelina e Cleusa talvez o conheçam. Ele mora na Ilha há muitos anos. Veio da Grécia para fazer a América, como diziam antigamente.

Nem Cleusa nem a Bisa conheciam Ulisses. Mariana muito menos. Os únicos que sabiam de quem se tratava eram dona Eulália e seu Tião, que às vezes faziam bicos para ele no museu.

– Museu? Que museu? – Mariana continuava fora de órbita.

Emilio riu do jeito dela. Ele e os amigos tinham aceitado o convite de Cleusa para chupar mangas. Ficaram encantados com a quantidade que caía das árvores a todo o momento. Eram bem doces.

– Museu dos Naufrágios, Mariána! – explicou o rapaz. – Nunca esteve lá? Se quiser, amanhã podemos *conocerlo*. Quero apresentar-lhe Ulisses. Foi ele que criou o museu e é quem cuida do acervo. É um cara legal, como falam os brasileiros.

– Quero sim, parece interessante – a menina apressou-se a concordar com o programa. Além de sair com Emilio, veria algo sobre o *Astúrias*, talvez.

Bisa Angelina parecia à vontade com os visitantes. Mariana queria lhe explicar quem era Emilio, mas não teve chance. A senhora arrastava os rapazes para mostrar suas plantas e flores. Eles ficaram boquiabertos com a variedade de espécies que havia no terreno. O que eram as bananinhas vermelhas, com as pontas

amarelas, que pendiam em cachos como os de uma bananeira? Deslumbrantes!

– Ah, é a *Heliconia rostrata* – informou dona Angelina, prontamente.

Sabia tudo sobre a planta. Era nativa das ilhas do Pacífico, da América do Sul e Indonésia. A mais bonita do jardim. Conhecida como bananeira-do-mato ou bananeira-do-brejo. As folhas atingiam até 3 metros de altura. Gostava de solos úmidos e ricos em matéria orgânica, como o de Ilhabela. Perfeita para a decoração.

Depois disso, mãos à obra! Dona Angelina custou a acreditar que Emilio e os amigos tinham vindo para trabalhar, mas era a pura verdade. Durante o resto da tarde arrancaram mato, varreram folhas secas e anotaram o material necessário para continuar a limpeza do terreno na próxima semana.

No fim do dia, a aparência do jardim era outra. Mariana estava grata e lisonjeada pela atenção de Emilio, mas recusou seu convite para tomar um sorvete. Alegou cansaço e prometeu encontrá-lo no dia seguinte. Na verdade, não via a hora de se trancar no quarto e continuar a ler *El libro de Marianna.*

* * *

Barcelona, 17 de fevereiro de 1916

Meu pai e meus irmãos me levaram ao porto. Apesar do inverno, a temperatura era amena. O burburinho era intenso no cais da *Pinillos Izquierdo*, proprietária do *Príncipe de Astúrias*. Diziam que era o navio mais luxuoso da Espanha. Eu nunca tinha estado a bordo antes e sentia um misto de curiosidade, angústia e medo.

Tinha 17 anos e ia deixar minha terra para casar com um desconhecido, num país estranho, do outro lado do oceano. Havia no ar um clima de incerteza. Falavam em navios mercantes torpedeados e afundados no Atlântico, tanto por frotas alemãs como pelas britânicas. Ainda que o *Astúrias* tivesse bandeira espanhola – a Espanha era neutra no conflito –, o risco das viagens marítimas era grande.

Olhei ao redor. Apesar de tudo, havia também um clima de esperança. As centenas de pessoas que esperavam o embarque buscavam uma vida nova na América. O risco valia a pena. Seriam 17 dias de viagem. Os sete primeiros na costa da Espanha, com escalas em Valencia, Almería, Málaga, Cadiz e Ilhas Canárias, para embarcar carga e passageiros. Os outros dez dias em mar aberto, atravessando o Atlântico. Depois da escala em Santos, o *Príncipe de Astúrias* iria a Montevidéu e Buenos Aires.

Custamos a encontrar a família Ramírez no porto. Meu pai nos apresentou e acalmei-me um pouco. Gostei deles. As filhas tinham idades próximas da minha e simpatizamos imediatamente. "Bom começo", pensei.

Mais tarde eu soube que 201 passageiros embarcaram em Barcelona, além de toneladas de carga. Ouvi falar em estátuas de bronze a bordo, em milhares de libras esterlinas, barras de ouro, joias, cofres e tantas outras coisas. Em pessoas ilustres que viajavam na primeira classe e causaram comoção com seu desaparecimento. Mas eu não vi nada disso no embarque. Tinha os olhos voltados para dentro. Além do mais, havia rampas diferentes para o acesso à primeira classe, à segunda, à coberta de imigrantes e aos porões de carga. A nossa rampa levava à parte traseira do navio, a popa.

Meu pai e meus irmãos me abraçaram em silêncio. Segui os Ramírez até nossas cabines por longos corredores. Era preciso descer dois lances de escada. A segunda classe ficava na terceira coberta e ocupava praticamente toda a popa. Havia 30 camarotes para até 4 pessoas. O casal ocupou um; Pilar, Amparo e eu ocupamos outro. O interior era confortável. Havia beliches, criado-mudo e pia para nosso uso, luz elétrica e ventiladores. Os toaletes eram coletivos, para homens e mulheres separadamente. Possuíam banheiras, vasos sanitários, lavatórios e ventiladores. Ficavam no fim do corredor.

Deixei a mala na cabine e fui com as novas amigas conhecer a área do navio a que os passageiros de segunda tinham direito. Podíamos circular por três andares, sempre na popa. Subindo o primeiro lance de escadas chegava-se ao restaurante. Ao lado ficava a biblioteca. O segundo lance de escadas levava ao bar e ao salão de fumantes. Tudo bonito e elegante.

Os passageiros da segunda econômica não tinham o mesmo conforto. Suas cabines situavam-se também na terceira coberta, porém no centro, ao lado da cozinha. Eram menores e menos equipadas, com 3 beliches para seis pessoas. E abaixo do nosso piso ficava a terceira classe ou coberta de imigrantes, com 1500 camas de ferro para abrigar famílias inteiras. Pais, filhos, tios, irmãos acomodavam-se nesse espaço, vizinho aos porões e à sala de máquinas, onde o ruído era constante. Para fazer a América, todo sacrifício era pouco.

Circular pelo navio distraiu-me e protegeu-me da dor da despedida. Subimos ao convés para ver a partida. No porto, uma multidão de lenços e braços agitavam-se num longo adeus. Não consegui localizar meu pai e meus irmãos entre eles. Meus olhos secos miravam o horizonte, enquanto o *Príncipe de Astúrias* deixava Barcelona escoltado por rebocadores.

⚓

8. Palácio Flutuante

Mariana olhou o relógio. Passava de meia-noite. Tinha os olhos ardendo de sono e o estômago roncando de fome. Queria interromper a leitura e dormir, mas não conseguia. Levantou e foi para a cozinha. A casa estava silenciosa e escura, apenas uma luzinha clareava o corredor.

A garota preparou um sanduíche e pegou um suco na geladeira. Pensava na arquitetura do *Príncipe de Astúrias*. Gostaria de ver fotos do seu interior. Em que setor teria viajado o avô de Emilio, que sobrevivera ao naufrágio, o argentino Federico Guerrero? Na primeira classe? No porão dos imigrantes? Se fosse na segunda classe, ou na segunda econômica, ele poderia ter cruzado com sua trisavó *Marianna* nos corredores da terceira coberta. Essa possibilidade a arrepiou.

Outra dúvida: se *Marianna* tinha 17 anos na época da viagem, e se ela era a mãe da Bisa Angelina, que em breve completaria 100 anos, como poderia o avô de Emilio ter sido contemporâneo da sua trisavó, nascida em 1899? Se *Marianna* fosse viva, teria quase 117 anos!... Emilio tinha apenas cinco anos a mais que ela, Mariana. Seu avô, portanto, deveria ser bem mais novo...

Esse era mais um mistério que precisava desvendar. Perguntaria a Emilio sobre o avô dele. Por enquanto, retornaria ao *Libro*. Colocou a louça suja na pia, apagou a luz da cozinha, voltou para o quarto e continuou a ler.

* * *

Pouca gente compareceu ao jantar na primeira noite a bordo. A refeição foi servida às cinco e meia. Subi junto com os Ramírez, no horário marcado, ao restaurante situado no tombadilho. Era aconchegante, decorado com móveis de carvalho e forrado com tapetes macios, com desenhos geométricos combinando com o estofado das cadeiras. A luz natural vinha de uma claraboia no teto. Num canto do salão, um piano de cauda ficava disponível para os passageiros.

Durante a viagem vi o Capitão José Lotina apenas duas vezes. A primeira foi nessa noite, quando ele veio ao restaurante nos dar as boas-vindas. Era um homem afável e educado, usando um elegante uniforme azul-marinho. Em sua fisionomia destacavam-se os olhos escuros e o grosso bigode com as pontas retorcidas. O capitão Lotina apresentou-se em cada mesa e desejou a todos uma viagem tranquila. Inspirava confiança. Nós nos sentimos seguros.

A refeição, fina e farta, causou boa impressão. Podíamos escolher entre quatro opções de carne, acompanhada de massa, sobremesas, vinho, café e chá. O Sr. Hernán Ramírez comentou que o vinho tinto seco era de ótima qualidade. Após o jantar, conhecemos alguns companheiros de viagem que ocupavam camarotes próximos e faziam a refeição em mesas vizinhas.

Havia quatro padres capuchinhos, com batinas marrons, três dos quais eram italianos: Paulo Curruino e os irmãos Rafael e Eugenio Sisino. Viajavam junto com frei Francisco, espanhol de 50 anos, que iria cuidar de uma paróquia do Brasil. Frei Francisco foi logo anunciando que não sabia nadar e, se algo acontecesse com o *Astúrias*, entregaria sua alma a Deus. Mencionou o terrível acidente com o *Titanic*, quatro anos antes, no Atlântico Norte, em que morreram mais de 1500 pessoas. Um assunto impróprio para quem estava a bordo e que nenhum de nós quis levar adiante.

O brasileiro José Martins Vianna, estudante de 20 anos, interrompeu o padre e mudou o tema da conversa. Sugeriu que o rapaz com quem dividia a cabine fosse tocar piano para nós. O catalão José Solá Pujol, de 28 anos, não se fez de rogado. Era pianista profissional e retornava a Buenos Aires, onde vivia, depois de ter visitado a mãe em Barcelona.

Enquanto ouvíamos música, cada um falou de suas razões para estar ali. O casal Ramírez e as filhas fugiam da guerra, como eu, e iam de mudança para Buenos Aires, onde tinham família. José Martins Vianna era natural do sul do Brasil, "gaúcho", como explicou. Estudava engenharia em Genebra, na Suíça. Seu pai era intendente da cidade de Santana do Livramento, na fronteira com o Uruguai. Embora fosse um homem rico, preferiu trazer o filho de volta para casa na segunda classe do *Príncipe de Astúrias*. Queria lhe dar a chance de conviver com outros jovens a bordo. Desde então, Pilar, Amparo e eu nos referíamos aos vizinhos de cabine como "los dos Josés", pois o brasileiro e o catalão tinham o mesmo nome e se tornaram amigos.

Exaustos pelas emoções do dia, nos recolhemos aos camarotes. O esgotamento me fez adormecer imediatamente, sem me dar tempo para temer o futuro, lembrar do passado ou sentir saudade da família.

No dia seguinte, 18 de fevereiro, o Astúrias amanheceu em Valencia, no porto de *El Grao*, um dos mais importantes da Espanha. O desjejum incluiu café, chá, chocolate, bolachas, pão e manteiga à vontade. Depois subimos ao convés para apreciar a paisagem. Eu não conhecia Valencia, cidade mediterrânea de clima suave e intensa luminosidade. Achei maravilhoso o movimento de frutas, verduras e vinhos sendo transportados para os navios. Soube depois que o *Príncipe de Astúrias* recebeu 825 toneladas de cargas diversas nessa escala, de barris de vinho e de azeitona a sacas de arroz e engradados com pimentões. Além da carga, 33 novos passageiros subiram a bordo, sendo quatro de primeira classe e 29 imigrantes.

Como o navio ficaria no porto o dia todo, tivemos permissão para descer a terra. Fui com os Ramírez conhecer a cidade, muito antiga, fundada pelos gregos em 138 a.C. e dominada ao longo dos séculos por fenícios, cartagineses, romanos, visigodos e árabes. Passeamos pelo mercado central, a *plaza de toros*, o pavilhão de exposições e outros lugares bonitos.

Quando voltamos a bordo, no fim da tarde, um lanche foi servido. Havia bolachas e refrescos deliciosos, entre eles a bebida mais famosa de Valencia, *horchata de chufa*. Aceitei o copo que o garçom oferecia e pensei que meu pai tinha razão quando disse que o *Astúrias* era um verdadeiro palácio flutuante. Pensei também que eu seria feliz no Brasil, na cidade de Santos.

9. Cápsula do tempo

– *Horchata de chufa*? Eu ouvi direito? Caetano Veloso falou "horchata de chufa" na música que está tocando?

Mariana deu um pulo na cadeira. Estava com Emilio na Vila e pensou que a história de *Marianna* e do *Príncipe de Astúrias* a estivesse deixando maluca, ouvindo coisas, vendo fantasmas, mas ele confirmou: era verdade. Na canção *Vaca Profana*, do CD *Totalmente Demais*, que tocava no barzinho em que estavam, o compositor baiano pedia isso mesmo: "*Horchata de chufa, si us plau*" – "por favor", em catalão, o idioma falado na Catalunha além do espanhol.

– Que bebida é essa? Você já experimentou? É alcoólica? Tem gosto de quê? – perguntou a menina.

Emilio conhecia, sim, o refresco que era muito popular na Espanha, sobretudo em Valencia. Não continha álcool. Era feito com tubérculos da junca, uma erva nativa da África, batidos com água, açúcar e gelo. Sua aparência era branca como leite. Daí Caetano tê-lo incluído entre outros tipos de *"leche"* de que a música falava. O sabor? Só provando. Nenhuma semelhança com refrescos de frutas brasileiras.

– Olha só, o ônibus vem vindo. Vamos nessa, Mariána?

Correram para o ponto e subiram no coletivo. O forte calor da tarde não animava ninguém a caminhar até o Museu dos Naufrágios, embora a distância não fosse grande. O ônibus sacolejou e parou várias vezes para pegar gente no trajeto de quinze minutos. Na orla ajardinada havia uma pista para caminhar e outra para ciclistas. No mar, veleiros ancorados.

– Descemos na próxima parada – disse Emilio.

O museu ficava no Perequê, num morro com vista privilegiada. Mariana estava achando esquisito ser levada por um argentino a um local desconhecido em sua própria terra. E para encontrar alguém que vivia na Ilha há 40 anos e a quem ela nunca vira. Como era possível? Ilhabela não era uma metrópole.

Emilio a puxou pela mão ladeira acima até uma construção branca e simpática. Ao lado da porta, uma placa dizia: "Um povo que não conhece a sua história está condenado a submergir".

– Ulisses adora essas frases... – apontou Emilio, rindo. – O grego é uma figura...

Pela aparência do escritório dele dava para notar... Entrava-se por uma porta-estanque de navio, baixinha, adaptada para decoração. Mesmo com as bordas arredondadas para evitar bater a cabeça, era preciso curvar o corpo para passar. O interior parecia uma cápsula do tempo. Havia uma variedade incrível de objetos náuticos: louças e talheres de navios, âncoras, lanternas, nós, luminárias, escotilhas, timões, sinalizadores, nadadeiras, máscaras... E no lugar de honra, atrás da escrivaninha, um escafandro com botas pesadíssimas, da época em que Ulisses mergulhava com os tios na Ilha de Rodes.

– Muito prazer, Mariana! – Ulisses a abraçou com simpatia. – Seja bem-vinda. Emilio disse que ia trazer a namorada.

Namorada?! Se eles ainda nem tinham se beijado... Mariana ficou vermelha e sem graça, mas o argentino continuou à vontade, como se aquilo fosse um fato consumado.

Era dia de visita escolar no museu. Muitas crianças e seus professores circulavam pelas salas, ouvindo explicações dos guias. Ulisses ofereceu água e cafezinho aos jovens para dar tempo de o local ficar mais tranquilo.

– O *Argonauta* sai do estaleiro hoje – ele avisou Emilio. – Amanhã nossas aulas de mergulho continuam.

Uma porta nos fundos do escritório conduzia ao museu. O acervo era pequeno, mas interessantíssimo: cerca de 1500 peças de navios afundados ao redor da Ilha, incluindo as recebidas de caiçaras que presenciaram os naufrágios e, como era comum no passado, as tiraram com as próprias mãos. Havia cristais, porcelanas, faianças, talheres de prata e artefatos de bronze do século XVIII a meados do século XX. Outra sala era dedicada à história do mergulho desde a época dos escafandros, com fotos e peças para exemplificar.

E havia maquetes de alguns navios. O coração de Mariana bateu com força quando ela viu a que ocupava o centro da sala: *Príncipe de Astúrias*!... Lá estava ele, com a chaminé e os dois mastros, elegante e majestoso, como se fosse zarpar. Uma miniatura tão perfeita que ela podia até visualizar a trisavó *Marianna* admirando Valencia do convés. O pequeno *Astúrias* estava protegido por uma redoma de vidro para que ninguém o tocasse. Vendo o interesse dos jovens, Ulisses pôs-se a falar:

– Era um navio novíssimo, lançado ao mar dois anos antes da tragédia. Foi construído pelo estaleiro Kingston, de Russel & Co., em Glasglow, Escócia, com a tecnologia mais moderna da época. Recebeu a classificação mais alta da *Lloyd's Register*, "100-A-I-Shelter Deck", pois atendia às exigências das leis americanas de imigração. A *Pinillos* oferecia total conforto aos passageiros de segunda classe. E mesmo na coberta dos imigrantes havia ventilação, toaletes e alimentação superiores aos de outros navios que cruzavam o Atlântico.

Mariana era toda ouvidos. Não perdia uma palavra.

Ulisses explicou que, no início do século XX, a rota marítima entre Europa e América do Sul era bastante rentável. Cidades do Brasil, Uruguai e Argentina cresciam e atraiam os europeus. Santos era um dos destinos preferidos pelos espanhóis. Na década de 1910, 135 mil espanhóis desembarcaram no porto de Santos, o triplo de imigrantes de outras nacionalidades.

– Além disso, a indústria naval se modernizava – continuou Ulisses. – Surgiram transatlânticos movidos a caldeiras a vapor, alimentados a carvão, que impulsionavam hélices. Foi o fim da navegação à vela.

Mariana e Emilio souberam ainda que a *Pinillos,* com sede em Cádiz, pretendia ser a "rainha dos mares" e vencer sua principal rival, a *Transatlántica,* de Barcelona. Para isso investiu na construção de dois navios gêmeos, o *Infanta Isabel*, lançado ao mar em 1912, e o *Príncipe de Astúrias*, em 1914.

– Então o *Astúrias* tinha uma irmã gêmea? – brincou Mariana.

– Praticamente idêntica – respondeu o mergulhador. – Ambos tinham capacidade para transportar 1890 passageiros: 150 na primeira classe, 120 na segunda, 120 na segunda econômica e 1500 na coberta dos imigrantes. A única diferença entre os dois navios é que o *Astúrias* dispunha de um luxo extra, exclusivo dos passageiros de primeira classe. Era esta galeria de passeio coberta, protegida por vitrais de cristal para evitar o vento sem impedir a vista do oceano, estão vendo na maquete?

Sim, no pequeno *Astúrias* a tal varanda coberta era visível abaixo do camarote do Capitão Lotina, no mesmo piso onde ficavam os botes. Na parede do museu havia uma fotografia de Lotina sentado no local.

"Aí *Marianna* não foi", deduziu Mariana, aturdida com tantas informações novas. Estava louca para prosseguir a leitura do Libro, mas teria de esperar. Eram 5 horas da tarde. Ulisses saiu para buscar o *Argonauta* no estaleiro. Ofereceu carona aos jovens, mas eles preferiram caminhar. Na saída, Mariana reparou em outra peça do *Astúrias* exposta na sala: a cabeça de uma boneca em porcelana. "Havia crianças a bordo!", pensou.

Perto da Vila, os dois pararam para ver o pôr do sol. Que tarde dourada! Foi nesse cenário lindo que, pela primeira vez, seus lábios se encontraram.

10. Espelho do mar

O segundo beijo foi no portão azul do jardim da Bisa, ao se despedirem. Tinham jantado na Vila e Emilio levou Mariana em casa. Ela entrou sem fazer barulho para não acordar ninguém. Tudo tranquilo, apenas a luzinha de sempre no corredor. Mariana trancou a porta do quarto, vestiu uma camiseta velha, pegou *El Libro* na mochila e continuou a ler.

***

Almería, 19 de fevereiro de 1916

Almería surgiu diante de meus olhos completamente branca, entre o mar e a árida colina sobre a qual se erguia uma grande fortaleza árabe. Em contraste com seus muros, de cor ocre, o casario parecia ainda mais branco. Os árabes ocuparam a cidade sucessivas vezes, entre os séculos XI e XV. Foram eles que a batizaram. No idioma árabe, *Al Meriya* quer dizer espelho do mar.

Eu tinha acordado cedo e subido ao convés. O *Astúrias* seguia costeando a Espanha pelo Mediterrâneo em direção aos portos da Andaluzia. No mesmo dia 19 de fevereiro, à noite, chegaria a Málaga. Sob o céu luminoso, as dunas lembravam um deserto, protegido dos ventos pela barreira de montanhas ao redor. O inverno ali era ameno. Do convés vi mais carga entrando no *Astúrias*. Ele foi carregado com tonéis de azeite e azeitonas, frutas e legumes produzidos na região. Acompanhei também a chegada de 53 novos passageiros a bordo.

Eram imigrantes vindos das províncias de Andaluzia, Granada e Múrcia. Traziam baús, malas, crianças e o olhar aflito de quem deixa para trás uma vida conhecida e parte para um destino incerto. Entre eles estava a família García Sola, natural de Múrcia, que emigrava para Buenos Aires, como eu saberia em breve. Eram o Sr. León, a Sra. Soledad e os filhos Arturo, de 22 anos, Angel, de 20, Federico, 10 anos, e a pequena Elena, de 6, carregando uma boneca.

Um casal, quatro filhos e uma grande bagagem. Embarcaram com nervosismo, depois de se despedirem longamente de parentes no cais. Pensei que fossem se acomodar na coberta de imigrantes, como outros, mas não. Os García Sola subiram a rampa de popa em direção à segunda classe. Tinham reservado dois camarotes próximos aos nossos.

Foi assim que tudo começou, filha.

Al Meriya: espelho do mar.

A primeira coisa que me atraiu em Angel foram os olhos, muito azuis. Era um pouco mais baixo que o irmão, Arturo, tinha cabelos castanhos e um sorriso encantador. Ele me viu no convés e, por um instante, nossos olhos se tocaram. Baixei os meus, com timidez; ele sustentou o olhar. Sustentou-o até que eu levantasse meus olhos de novo e tornasse a encontrar os dele. Quando fiz isso, ele sorriu. Eu também sorri. Parecia que já tínhamos vivido uma vida inteira juntos. Nessa hora eu soube que seria capaz de amá-lo de corpo e alma, não importavam as consequências. Não importava meu pai, minha futura vida no Brasil nem o homem que me esperava em Santos para casar.

As cabines da família García Sola ficavam contíguas à de "los dos Josés" e de frente para a dos padres capuchinhos.

uma delas foi ocupada pelo casal e a pequena Elena. Os dois rapazes se instalaram na outra com o menino.

Federico e Elena eram crianças alegres e traquinas. Encantados com a vida a bordo, quiseram conhecer o quanto antes as dependências do navio. Em minutos desceram e subiram escadas, percorreram os três andares da segunda classe e enveredaram pela segunda econômica, na qual viajavam muitos casais com filhos. Dali em diante, ao longo da viagem, Elena e Federico nos contariam detalhes que, de outra forma, não saberíamos, como que as refeições da segunda classe econômica eram servidas em mesas coletivas ou que os alojados no porão dos imigrantes só recebiam sobremesa aos domingos.

Arturo e Angel rapidamente fizeram amizade com "los dos josés" – o brasileiro Vianna, estudante na Suíça, e o catalão Sola Pujol, pianista que vivia em Buenos Aires e voltava da Espanha, onde esteve de visita.

Com a presença deles, os dias a bordo ficariam mais divertidos. O Sr. Leon e a Sra. Soledad teriam longas conversas com o casal Ramírez, com quem tinham muito em comum. Ambas as famílias começariam uma vida nova na Argentina, onde parentes seus já viviam. Todos estavam aliviados por deixar a Europa destruída pela guerra e cheios de esperança no futuro.

Enquanto isso, nós, os jovens, teríamos muito tempo para rir, dançar e ouvir música durante a travessia do Atlântico, prevista para durar 10 dias. A chegada a Santos deveria acontecer em 4 de março. Nosso grupo ficou completo dois dias depois, com o embarque de Marina Vidal no porto de Cádiz. Mas disso falarei mais adiante, minha filha.

Naquele primeiro dia de convívio no *Príncipe de Astúrias*, Angel e eu trocamos sinais secretos por meio de gestos, palavras, olhares e sorrisos. Há pouco eu disse que soube que estávamos destinados um ao outro desde o porto de Almería, onde nossos caminhos se cruzaram. Só não sabia que aconteceria tão depressa e que seria tão breve.

Na noite de 19 de fevereiro, conforme o programado, o *Astúrias* chegou a Málaga debaixo de um céu estrelado. A temperatura era de 20 graus. As luzes da cidade, fundada pelos fenícios, brilhavam na colina de Gibralfaro, coroada por muralhas do século XIV. Mas não foi possível descer a terra para conhecer essas maravilhas. A escala foi rápida, apenas para receber mais passageiros e cargas, entre elas as famosas passas da região e barris de *El Málaga*, o vinho de uva moscatel que foi servido no jantar, após a sobremesa, como um licor divino.

Assim que o navio zarpou, Angel encheu duas taças pequeninas e me chamou ao convés para fazer um brinde. Então aconteceu o primeiro beijo de uma história de amor que duraria apenas 16 dias.

⚓

11. Não mais além

O sono bateu, mas Mariana não sentia vontade de interromper a leitura. Estava surpresa e emocionada com o que havia lido. Então *Marianna* teve um namorado antes de casar? Isso não era comum na época em que ela viveu, no início do século XX. Menos ainda para uma moça prometida em casamento pelo pai, cujo noivo a esperava no Brasil.

E mesmo se não existisse esse compromisso, imagine se em 1916 uma garota beijaria um rapaz no primeiro dia! Mariana sentiu carinho e admiração pela trisavó distante, a outra *Marianna* que a precedeu no mundo e cujos genes – além do nome – continuavam vivos em seu organismo. Que paixão ela deve ter sentido por Angel! Decerto foi uma mulher à frente do seu tempo, com a cabeça mais aberta que a maioria. Esse pensamento fez Mariana se sentir melhor em relação a Emilio. Estava preocupada com a rapidez com que eles estavam se envolvendo. Com o agravante de que fazia pouco tempo que ela terminara um namoro e nem se achava preparada ainda. Mas a atração que o argentino lhe despertava era irresistível.

Duas pancadas secas na porta do quarto tiraram a menina do devaneio. Ela fechou *El Libro* e colocou-o sob o travesseiro. Por sorte, estava com o computador ligado e pôde ter um álibi quando Cleusa indagou:

– Ainda não dormiu, Mariana? Tem luz debaixo da porta... Está com fome? Quer um lanchinho?

A chave girou na fechadura e a garota apareceu esfregando os olhos, como se tivesse acabado de acordar. Mostrou o micro aberto sobre a cama.

– Entrei na internet e acabei dormindo. Foi só você falar que a fome apertou. Eu aceito o lanche. Vamos pra cozinha?

Mariana levou o micro junto e, enquanto Cleusa preparava uma omelete, procurou *"Málaga"* num programa de buscas. Queria ver fotos da cidade onde o primeiro beijo de Angel e *Marianna* havia acontecido. Isto é: da cidade vista do mar, pois o *Príncipe de Astúrias* já tinha zarpado quando eles ficaram juntos.

Alheia ao que se passava online, Cleusa sondou a menina.

– Você está gostando dele, não é? De Emilio, o rapaz argentino...

Mariana preferia não falar no assunto até se sentir mais segura, mas não dava para esconder algo tão óbvio. Afinal, Cleusa era da família... Fez que sim com a cabeça, sem levantar os olhos da tela.

– Acho que a gente está namorando... Eu estou feliz...

– Que bom, Mariana! Ele é tão educado! Dona Angelina também está apaixonada por Emilio – riu a cuidadora. – Sem contar o quanto está feliz por ter a sua companhia.

No computador apareciam fotos lindíssimas. Málaga, capital da Costa do Sol: a luz diáfana do Mediterrâneo, o céu cor de anil, fortalezas árabes, praças antigas, chafarizes... Quadros do pintor Pablo Picasso, que nasceu na cidade em 1881. "Ainda não era famoso na época", a menina fez contas e concluiu. Outra celebridade natural de Málaga era o ator Antonio Banderas.

Mariana deu por encerrada a pesquisa e fez a refeição conversando com Cleusa sobre os próximos passos da arrumação da casa: faltava o conserto do telhado, o eletricista, o adubo para o jardim... Depois voltou ao quarto, trancou a porta, resgatou *El Libro de Marianna* e começou a ler outro capítulo.

***

Gibraltar, 20 de fevereiro de 1916

Por mais que todos disfarçassem, havia certa tensão a bordo. Nesse dia, o *Príncipe de Astúrias* atravessaria o Estreito de Gibraltar, local de intenso tráfego marítimo e de grande importância estratégica. De um lado fica a Europa; do outro, a África. No lado europeu, encravada na extremidade sudeste da Espanha, situa-se a cidade de Gibraltar, em território britânico. No lado africano, a nordeste do Marrocos, a cidade de Ceuta, de domínio espanhol. A pequena faixa de mar – com 14 quilômetros na parte mais estreita e 25 quilômetros na mais larga – liga também o oceano Mediterrâneo e o Atlântico, e por isso era muito vigiada em tempos de guerra. Quem poderia garantir que navios ingleses não estivessem por perto, prontos para atacar o *Astúrias*?

Além desse, outros perigos nos rondavam. O Estreito de Gibraltar é varrido por ventos fortíssimos e castigado por correntes marítimas poderosas, que influenciam inclusive as correntes do Golfo de Cádiz. Dezenas de embarcações naufragaram no local ao longo dos séculos. O Estreito é um verdadeiro museu náutico submerso.

Mas Angel e eu só tínhamos olhos para nossos sentimentos. Estávamos tão felizes que nada de ruim poderia acontecer. Subimos ao convés de popa para assistir à travessia, junto com os passageiros da segunda classe. O convés de proa estava lotado com os passageiros da primeira classe. Duas grandes tendas abrigavam os imigrantes, que se acotovelavam debaixo delas, protegidos do sol. Todos queriam estar presentes na passagem por Gibraltar.

Na costa da Europa, a distância já era possível avistar a imensa massa rochosa ao longo da qual se estendia a cidade inglesa, com as casas muito brancas, pequeninas perto da imensidão da rocha. O vento Levante – como é chamado o vento Leste no lugar – uivava em nossas costas. Um espetáculo de arrepiar...

Diz a mitologia que o deus grego Hércules passou pelo Estreito quando viajava para o reino de Gerião e nele colocou dois montes, um de cada lado: o Calpe, do lado europeu, e o Ábila, do lado africano. Esses dois montes ficaram conhecidos como "As Colunas de Hércules". Nos mapas antigos, Gibraltar era representado pelas duas colunas ligadas por uma faixa, com a inscrição latina:

que significa "Não mais além". Era uma advertência aos navegadores para não ousarem ir além do mundo conhecido. Ali era o marco.

O *Príncipe de Astúrias* ultrapassou o local sem problemas e seguiu para o porto de Cádiz, aonde chegou na manhã seguinte. Não havia navios britânicos à espreita para nos atacar. Naquela altura, nenhum de nós poderia imaginar que o *Astúrias* não alcançaria a América. Que seria um caminho sem volta.

PARTE III
TRAVESSIA

*Valeu a pena? Tudo vale a pena
Se a alma não é pequena.
Quem quer passar além do Bojador
Tem que passar além da dor.
Deus ao mar o perigo e o abismo deu
Mas nele é que espelhou o céu.*

Fernando Pessoa
Mar Português

12. Jardim do Atlântico

Os jardineiros chegaram às 8 horas da manhã, trazendo adubo, terra, pás e ancinhos para dar um trato caprichado no jardim de dona Angelina. Apesar da boa vontade dos argentinos, que tinham voltado duas vezes para continuar o serviço, a tarefa não era para amadores; exigia profissionais de paisagismo. Com o sinal verde do pai, Mariana contratou a *Florescer*, uma empresa respeitada na Ilha. E lá estavam eles, seis homens uniformizados com macacões verdes, como um bando de duendes, descarregando a caminhonete sob o olhar maravilhado da Bisa.

– Quero que limpem bem a pedra, ouviram? Aquela enorme ali, onde as crianças subiam... E este lado de cá, onde está a grumixama. E o abacateiro, a jabuticabeira, o caramanchão com os maracujás, a trepadeira azul que quase não se vê mais... Tragam as pedrinhas para demarcar os canteiros, é necessário refazer os caminhos...

Com o chapéu de palha na cabeça e alpargatas nos pés, a senhora dava ordens aos jardineiros, sob a supervisão da Cleusa, que se mantinha ao lado dela para evitar que caísse. Dona Angelina tinha recuperado a voz de comando que andara enfraquecida. Nas arrumações reapareceram várias fotos da pedra que ela queria trazer de volta ao uso. Ficava no meio do terreno, escondida pela vegetação. Todos os filhos, netos e bisnetos haviam brincado em cima dela e se pendurado nos galhos das árvores próximas, como Tarzã.

Mariana olhou a cena da janela do quarto e riu, feliz da vida. Tudo caminhava bem. Melhor que o previsto. Sua missão junto à Bisa ia de vento em popa e o relacionamento com o argentino da internet também. Quando poderia imaginar que as férias que tanto temia trariam tão boas surpresas? "Parece coisa de destino", pensou.

E, além disso, tinha descoberto *El Libro de Marianna* e estava prestes a desvendar um segredo guardado na arca da família há quase um século. Um segredo que a aproximava de Emilio, pois o avô dele, Federico Guerrero, havia partilhado com a trisavó *Marianna* a última viagem do *Príncipe de Astúrias*. A cabeça de Mariana fervia de perguntas sem resposta. Será que a Bisa tinha dado pela falta do diário? "Pelo jeito, não, pois não disse nada"... Deveria contar a Emilio sobre o achado? "Melhor esperar um pouco mais"... E a principal: Federico e *Marianna* teriam se conhecido? Quais as circunstâncias do naufrágio? Como alguns náufragos conseguiram sobreviver?

Emilio tinha retomado as aulas de mergulho e só voltaria no fim da tarde. Mariana estava indecisa: continuar a ler *El Libro* ou praticar jardinagem? A primeira opção falou mais alto. Deu uma voltinha pelo terreno para conferir o andamento do trabalho, beijou a Bisa e elogiou a arrumação dos canteiros. Depois, alegando uma indisposição passageira, voltou para o quarto e abriu o diário de *Marianna* na página que, na véspera, deixara marcada.

***

Cádiz, 21 de fevereiro de 1916

O *Astúrias* amanheceu no porto de Cádiz, esplêndida cidade fortificada, cercada pelo mar. Sua baía bem abrigada atraiu povoadores desde tempos remotos. Dizem que é a cidade mais antiga do mundo ocidental. Foi fundada pelos fenícios em 1.100 a.C. e ocupada por romanos e por árabes. No século XVIII, tornou-se um dos principais portos europeus ao receber o monopólio do comércio americano, antes privilégio de Sevilha.

Tudo isso soubemos nos dois dias em que o navio permaneceu ancorado. Os passageiros puderam descer a terra e passear pelo "Jardim do Atlântico", como era chamada Cádiz no passado. Foi um dos primeiros pontos de ligação da Espanha com o resto do mundo. Dali Cristóvão Colombo partiu rumo à América, como em breve nós faríamos.

Por ser sede da *Pinillos Izquierdo*, o navio tinha trâmites a cumprir em Cádiz. Outras toneladas de carga e dezenas de passageiros subiram a bordo. Um deles era Marina Vidal, que viria a ser uma boa amiga e a responsável pelo salvamento de vários náufragos. Tinha 26 anos, viajava sozinha e ocupou uma cabine na segunda classe, perto da nossa.

Marina era elegante e bonita. Ela me chamou a atenção desde que a vi no cais, despachando mercadorias que levava para vender na América. Era natural da Galícia e representava uma famosa grife de Paris, para onde viajava todos os anos em busca de novidades para a clientela. Quem comprava seus produtos eram espanholas de famílias abastadas, que viviam no Rio de Janeiro, Buenos Aires e Montevidéu. Nesta viagem Marina trazia lingeries, vestidos finos e chapéus. Na bagagem de mão, suas economias e um pacote de joias.

© JEANNIS PLATON/HISTORIADOR/MUSEU NÁUTICO ILHABELA

Soubemos mais tarde que, dois anos antes, Marina havia morado no Rio de Janeiro e chegou a montar uma loja na Rua da Assembleia. Era excelente nadadora e fez amizade com um médico e jornalista brasileiro, Nicolau Ciancio, redator do jornal A Noite. Como ele também era esportista, os dois costumavam praticar natação nas praias cariocas.

Conto tudo isso, minha filha, para você saber quem foram as pessoas que nos apoiaram, permitindo que nosso amor frutificasse. Angel e eu não podíamos viver nossa paixão às claras. Lembre-se de que o Sr. Hernán e a Sra. Dolores Ramírez, meus guardiães, assumiram o compromisso de entregar-me aos tios em Santos, onde Carlos Ortiz, meu futuro marido, me esperava. Angel seguiria com a família dele para Buenos Aires. Era um amor sem futuro, desencontrado. Não fossem os amigos facilitarem nossos encontros, teria sido impossível para nós. Devo gratidão a Amparo, Pilar, Arturo, Marina Vidal e também aos pequenos Federico e Elena. Eles não nos largavam e a simples presença deles era um excelente álibi.

Guardo de Cádiz lembranças preciosas. Cádiz: balcão sobre o oceano, caminhos encantados percorridos com o olhar perdido entre as águas do Atlântico e as calles ladeadas por magníficos jardins. Nosso grupo de jovens passeou pelas ruazinhas sinuosas, pelas praças e mercados, rindo, felizes, sob o céu azul da Andaluzia. Em um desses momentos havia um fotógrafo na rua. Fizemos poses. Ele as registrou com sua máquina. Graças a ele, pude guardar a única imagem que restou daquele amor tão breve.

Na fotografia, Angel e eu sorrimos junto de Elena e Federico. Mais tarde, no camarote, recortei os cantos da foto em forma oval para encaixá-la dentro do camafeu que pertenceu à minha mãe, que morreu quando nasci. Era uma linda joia pendurada em uma corrente, que se abria ao meio para abrigar o retrato de alguém querido. Eu a mantive no pescoço

até você nascer, Angelina, depois a guardei nesta caixinha. Será sua um dia. Meu pai a colocou em minhas mãos ao se despedir, em Barcelona, dizendo com a voz embargada: "Foi de sua mãe, Marianna. Guarde-a para dá-la de presente à sua filha".

13. Última fotografia

– Depois de Cádiz, o *Astúrias* fez a última escala nas Ilhas Canárias para receber mais passageiros – contou Ulisses. – Na tarde de 24 de fevereiro de 1916, quando deixou *Las Palmas de Gran Canaria*, levava oficialmente 654 pessoas, das quais 193 tripulantes. Façam as contas. Seriam 461 passageiros, certo? Mas os registros da *Pinillos Yzquierdo* não eram confiáveis. Naquele tempo, listava-se apenas os passageiros da primeira e da segunda classe. Quem viajava no porão de imigrantes não contava, não importava se fosse clandestino ou se tivesse pagado a passagem.

Ulisses falava com a segurança de quem dedicara trinta anos da sua vida estudando o naufrágio. Mariana e Emilio estavam no escritório dele no Museu e o ouviam com a máxima atenção. Difícil era não interrompê-lo a todo o momento para fazer perguntas.

– Então havia clandestinos a bordo?

– Sim, foi comprovado. Depois do naufrágio, soube-se que só em Las Palmas subiram vários, sendo seis da mesma família. Dois deles sobreviveram e confessaram. Sabe quem eram? Angelo Capri, avô do ator Herson Capri, e seu filho Renato. A esposa e outros três filhos morreram. É provável que o *Astúrias* tenha recebido clandestinos em todos os portos em que fez escala. Não havia controle, entendem?

– Quantas pessoas você supõe que estavam no navio?

– Creio que o *Astúrias* vinha com a lotação completa: 1890 passageiros mais a tripulação – disse Ulisses sem hesitar. – Era sua sexta viagem nessa rota. Nas cinco anteriores viajou assim. Por que desta vez seria diferente? Há muitos testemunhos sobre a presença de imigrantes clandestinos. Marina Vidal ficou surpresa por não ver entre os sobreviventes nenhum dos italianos de quem ficou amiga a bordo. Disse que havia cerca de 100 jovens dessa nacionalidade. Sem contar os judeus, alemães e outros...

– Marina Vidal?! – perguntou Mariana, emocionada.

– Sim, ela salvou muitas vidas, foi uma heroína. – Ulisses abria arquivos no computador para mostrá-los aos jovens. – Era uma grande nadadora. Vejam esta foto dela.

Mariana teve de disfarçar para que Emilio não reparasse em seus olhos cheios de lágrimas. Olhar a fotografia de alguém real, não um personagem de novela, dava incrível veracidade ao relato da trisavó. Marina Vidal trajava um vestido escuro e longo até os pés, de gola alta, como era moda na época. Trazia uma bolsinha na mão direita e, na cabeça, um grande chapéu enfeitado com penas e laços. *Marianna* também se vestiria assim? Que aparência teria Angel? Mariana daria tudo para ver uma imagem do casal.

Do computador de Ulisses foram saindo outras fotos e histórias, mas nenhuma da trisavó e do namorado dela. Pelas imagens, Mariana sentia o clima que existia a bordo. *O Príncipe de Astúrias* tomava forma diante dela.

O capitão José Lotina era como imaginava, com os bigodes retorcidos e o elegante uniforme. Outros oficiais da tripulação posavam com ele numa foto clássica, em poltronas no convés. Ulisses possuía imagens de ambientes internos do navio e de pessoas ilustres que viajavam na primeira classe. O luxo era de tirar o chapéu. A imponente escadaria de madeira permitia aos passageiros circular entre dois pisos e levava às áreas sociais: restaurante, biblioteca, salão de música e passeios externos. Junto dela, no piso superior, era possível dançar. Os camarotes eram finamente decorados e dispunham de toaletes individuais. Alguns, os mais caros, tinham até uma antessala.

© JOSÉ CARLOS SILVARES/ACERVO PESSOAL

– Quem são estes senhores? – perguntou Emilio, interessado.

Ulisses explicou que eram ocupantes dos camarotes mais refinados da primeira classe. O mais jovem era o diplomata americano Carl Friederick Deichman, que vinha transferido de Bombaim, na Índia, para ocupar o consulado dos Estados Unidos em Santos. Foi um dos raros sobreviventes da primeira classe – por ironia do destino, apenas sete dos 51 passageiros que desfrutaram do luxo máximo do *Astúrias* saíram com vida do naufrágio.

– E este outro é Luis Descotte Jourdan, riquíssimo proprietário de lojas de móveis e decoração em Buenos Aires. Foi quem decorou o Teatro Colón, na capital argentina. Era avô do escritor franco-argentino Júlio Cortázar.

Ao ouvir aquele nome, Emilio deu um assobio, entusiasmado:

– Verdade?! Avô de Júlio Cortázar?! Não posso acreditar que meu avô e o dele estiveram juntos no mesmo barco!

Mariana ficou sem graça. "Não tenho a menor ideia de quem seja esse cara", pensou. Só havia lido os autores da lista do vestibular. Emilio percebeu seu embaraço e a socorreu.

– Foi um dos grandes escritores latino-americanos, do porte de Gabriel García Márquez. Vou lhe dar um livro dele, Mariána. Você é que vai escolher: *O Jogo da Amarelinha*, *Orientação dos Gatos*... Há vários...

– O curioso é que Luis Descotte deixou duas viúvas, uma em cada continente – era Ulisses quem contava. – A família "oficial" em Buenos Aires e a "outra" na Suíça. Ele dava assistência a ambas. Tinha 5 filhos na Argentina e uma filha em Zurique. Essa filha, Maria Hermínia, seria mãe do futuro escritor, que na época era criança e foi com ela despedir-se do avô que embarcava.

– Gente, quanta história! – Mariana estava admirada.

Viram ainda retratos do brasileiro José Martins Vianna, estudante em Genebra; de Juan Mas Y Pi , jornalista de *El Diario Español*, de Buenos Aires, encarregado do transporte das estátuas; das réplicas delas, no *Monumento de Los Espanholes*, e várias outras.

De repente, Emilio ficou sério. Tirou da mochila uma caderneta, abriu-a e exibiu o recorte de um jornal brasileiro de 8 de março de 1916. O título dizia: "Sobreviventes do *Príncipe de Astúrias* seguiram ontem para Montevidéu e Buenos Aires no vapor espanhol *Patricio de Satrustegui*". Embaixo havia duas fotos. Uma delas mostrava homens com aspecto assustado. Na outra se viam, lado a lado, um homem e um menino. Emilio mostrou a legenda da segunda imagem: "Cristóbal Guerrero e seu filho Federico".

Mariana pegou o jornal das mãos do namorado.

– Seu avô era criança, então! ... Quantos anos ele tinha?

– Dez anos – disse Emilio. – Foi terrível para ele. Passou a vida evitando falar no naufrágio, mas pouco antes de morrer, já doente, voltou a ter pesadelos e a recordar. Acordava no meio da noite gritando por socorro, se debatendo como se estivesse na água...

Ulisses observou a aparência dos náufragos. Pai e filho vestiam-se com simplicidade. Teriam vindo no porão dos imigrantes? Emilio achava que sim. Pouco sabia sobre a viagem do avô e do bisavô. Contava-se na família que, dos cinco filhos de Cristóbal, só Federico se salvou.

Ulisses levantou da escrivaninha e pegou um quadro da parede. Era uma imagem amarelada do *Astúrias* navegando em alto-mar.

– É a última fotografia do nosso *Príncipe* – contou. – Foi tirada pelo espanhol Manuel Balda, passageiro do *Infanta Isabel*, quando os dois navios se cruzaram no Atlântico. Vejam como o *Astúrias* vinha carregado e adernado para bombordo. Vejam os toldos de imigrantes lotados. Era a manhã de 28 de fevereiro. Seis dias mais tarde, aconteceria a tragédia.

14. Ano bissexto

– Bombordo é o lado esquerdo do navio? – deduziu Mariana.

– Sim, o lado esquerdo de quem olha de trás para a frente. O lado direito é boreste ou estibordo. Vai se especializar em assuntos náuticos? – brincou Emilio, passando o braço carinhosamente pelos ombros da menina enquanto os dois caminhavam para a Vila.

Depois da chuva de verão, o sol apareceu outra vez. O fim de tarde estava bonito. Emilio deixou com Ulisses o recorte de jornal sobre o embarque do avô e do bisavô para a Argentina no *Patricio de Satrustegui*, na noite de 7 de março de 1916. O mergulhador estava intrigado com a história e prometeu investigá-la. Mariana pensava na coincidência do nome e da idade dos dois "Federicos" – o Guerrero e o García Sola –, mas guardou para si o comentário que ia fazer. Não devia falar sobre o diário de *Marianna* ainda... E, pensando bem, Federico era um nome comum na Espanha.

– O ano de 1916 foi bissexto? – indagou. – Se a última foto do *Astúrias* foi tirada em 28 de fevereiro, seis dias antes do naufrágio, só pode ser...

– Foi bissexto, sim. Fevereiro teve 29 dias – Emilio estava pensando na mesma coisa. – Já confirmei isso. Soube também que o navio estava um dia atrasado por causa das escalas e da correnteza no Atlântico. Era esperado em Santos no dia 5 de março e não no dia 4, como previsto inicialmente.

Escurecia quando chegaram à Vila. Emilio tinha acordado muito cedo e mergulhado bastante. Estava intensificando as aulas para ganhar experiência e mergulhar no *Astúrias*. Mariana

concordou em não saírem à noite. A despedida no portão foi longa, por conta dos beijos e abraços cada vez mais "*calientes*", como dizia o argentino, rindo e tornando a prendê-la. Foi difícil se soltar dos braços dele – até porque ela também achava bom estar neles. Depois de lanchar com Bisa Angelina e Cleusa, Mariana foi para o quarto, trancou a porta e voltou a ler a continuação de *El Libro*...

***

Mar aberto, final de fevereiro de 1916

Tento relembrar as datas exatas e não consigo, minha filha. Depois que o *Príncipe de Astúrias* deixou *Las Palmas de Gran Canaria*, às 4 horas da tarde de 24 de fevereiro, os dias e as noites se confundem na minha mente. Lembro das gaivotas que seguiram o navio na saída do porto e do jantar festivo para marcar o início da travessia do Atlântico. Os passageiros jantaram em trajes de gala – os homens de terno e gravata, as mulheres de vestidos longos – e o bom vinho espanhol não faltou na mesa. Mais tarde, o pianista José Solá Pujol nos brindou com belas músicas no piano. Após a sobremesa e o café, os homens subiram ao salão de fumantes para jogar cartas e as senhoras permaneceram na biblioteca, conversando alegremente. Nessa altura, Marina Vidal havia se juntado a nós e trocava ideias com José Martins Vianna. Em bandos, os jovens saíram ao convés para tomar ar fresco e contar estrelas. Elena e Federico corriam para todo canto.

Uma brisa suave soprava. Angel e eu nos isolamos do grupo e ficamos longo tempo num banco escondido pelas sombras. Conversávamos e ríamos como conspiradores. Algo muito forte nos unia. Era como se nossas almas estivessem fundidas e bastasse uma leve carícia para cada um despertar a alma do outro.

Talvez por isso, por estarmos navegando por outras rotas, em águas de outra dimensão, eu não tenha observado na rotina de bordo certos detalhes que poderiam explicar, ou ao menos levantar hipóteses, para o desastre que haveria depois. Recordo somente que o *Astúrias* entrou num ritmo diferente de quando costeava o Mar Mediterrâneo. Não havia mais portos, nem chegadas e partidas, apenas céu e mar, sóis e luas, vento e estrelas.

Algumas pessoas enjoaram e ficaram recolhidas. Outras desfrutavam das diversões que havia a bordo: música, leituras, passeios pelo convés e muita gente com quem trocar ideias. Dois grandes toldos foram armados nos porões de proa e de popa para abrigar os imigrantes da chuva e do sol. Era ali que eles permaneciam durante o dia, pois no alojamento o espaço era exíguo, com camas quase encostadas umas às outras. Marina Vidal, comunicativa, fez amizade com um grupo de jovens italianos e nos divertíamos com eles.

Raras vezes ouvi conversas sobre a guerra ou temores de ameaças devido ao ano bissexto. Não fosse por alguns comentários, eu nem saberia que o ano em que o mês de fevereiro tem 29 dias é cercado de superstições. Para mim era simplesmente um dia a mais para viver com Angel, como se o tempo estivesse a nosso favor, nos dando a chance de prolongar o nosso amor.

120 - Vapor Príncipe de Asturias. Compañía Española Pinillos.

Lembro de uma única noite em que ouvi os homens discorrerem sobre a guerra, contando coisas terríveis que aconteciam no *front*. Creio que foi após o jantar e estavam presentes o Sr. Hernán Ramírez, os padres capuchinhos, José Vianna e o Sr. León García, pai de Angel. Descreveram a vida miserável que as tropas levavam nas trincheiras, entre lama, ratos e o risco constante de granadas e morteiros. As armas automáticas tinham tornado o conflito incrivelmente sangrento, diziam eles. Gravei na memória esta cena: em um dia qualquer, os soldados franceses foram surpreendidos por um nevoeiro branco-esverdeado vindo da linha inimiga. Era uma nuvem de cloro, um gás venenoso que atacava os olhos e a garganta, usado como arma experimentalmente. Depois disso, as máscaras contra gás passaram a fazer parte do uniforme dos aliados.

No dia 28 de fevereiro, um alvoroço agitou os passageiros logo cedo. Mas não se tratava de nenhum perigo e sim de uma ocasião alegre, que acontecia todos os meses: o encontro em alto-mar dos navios gêmeos da Pinillos Yzquierdo, *Príncipe de Astúrias* e *Infanta Isabel*, que viajavam na mesma rota em direções contrárias. Enquanto seguíamos da Espanha para a América, o *Infanta Isabel* retornava de Buenos Aires para Barcelona.

Um momento emocionante que ninguém queria perder... Gente de todas as classes do *Astúrias* correu para as áreas externas, com a ajuda da tripulação, que procurou acomodar a todos da melhor maneira. Eram 10 horas da manhã quando o navio apareceu ao longe. O *Astúrias* diminuiu a marcha e o *Infanta Isabel* deve ter feito o mesmo. As sirenes foram ligadas. Uma alegria contagiante tomou conta de passageiros e tripulantes. Era uma manhã ensolarada e todos nós acenamos.

Vi em um jornal brasileiro uma fotografia que um passageiro do *Infanta Isabel* tirou desse encontro. Nela o *Astúrias* parece muito carregado, um pouco inclinado para o lado esquerdo, talvez pelo excesso de peso. Em cada canto do convés há braços levantados, alegremente. As pessoas estão tão pequenininhas que não consegui reconhecer ninguém, nem mesmo eu e Angel.

15. Baile de Carnaval

A história estava emocionante. Mariana decidiu ir em frente até quando o sono a vencesse. Pelos artigos que lera na internet sobre o *Astúrias*, sabia que tinha havido um baile de carnaval na noite do naufrágio. Faltava pouco para conhecer a versão da trisavó *Marianna* para o trágico acontecimento. Na casa silenciosa, apenas a luz do corredor e o abajur do seu quarto estavam acesos. Virou mais uma página e continuou a ler *El Libro de Marianna*.

***

Sábado, 4 de março de 1916

Conforme nos aproximávamos do Brasil, o clima a bordo ficava mais leve e animado. Era evidente que todos sentiam alívio por termos atravessado o Atlântico sem nenhum percalço. Na manhã de domingo chegaríamos a Santos. Embora ainda não se avistasse a costa, pressentíamos estar perto.

O tempo mudou e uma chuva fina começou a cair. O mar ficou um pouco agitado. Para comemorar a chegada à América, a tripulação preparava um grande baile de carnaval a bordo. Primeira classe, segunda classe e coberta de imigrantes teriam, cada uma, festejos separados.

Mas, para Angel e eu, a angústia só aumentava. Nossa separação tinha as horas contadas. Eu não queria desembarcar em Santos, não queria me casar com outro homem; ele não queria seguir sem mim para Buenos Aires. Queríamos ficar juntos para sempre. Como impedir o desfecho cruel?

Pensamos em várias hipóteses. Eu poderia me misturar aos imigrantes clandestinos e me esconder no porão até Buenos Aires. Quem ia me encontrar? Ninguém! Quando meus tios dessem pelo meu desaparecimento, isso seria fato consumado. Ou Angel desceria em Santos e enfrentaríamos as duas famílias, contando a verdade. O caso é que nenhuma das alternativas garantiria nossa união. O único jeito de ficarmos juntos era nos casarmos... Será que um dos padres capuchinhos nos casaria em segredo? Ou o Capitão Lotina, quem sabe? Como autoridade máxima do navio, o comandante podia realizar casamentos a bordo.

Agoniados, sem decidir qual a melhor solução, fomos atraídos na manhã de sábado por uma movimentação incomum na popa. Havia um forte barulho no porão de carga, como se os guindastes tivessem sido ligados. E era isso mesmo, nos informaram: os guindastes estavam levando ao tombadilho caixas e mais caixas fechadas. A tripulação explicou que a carga que se destinava a Santos tinha sido colocada, por engano, por baixo daquela que seguiria para Buenos Aires. Era preciso inverter a ordem das caixas.

José Martins Vianna, que viu a operação ao nosso lado, comentou que o embarque invertido da carga era um descuido imperdoável. Dias depois, em entrevistas aos jornais, ele diria que a mão de Deus orientou a mudança, pois a carga que foi posta por cima era de engradados de cortiça, material usado no isolamento de câmaras frigoríficas, exportado da Espanha para a Argentina. Os fardos de cortiça salvariam muitas vidas, devido ao alto poder de flutuação. Vários náufragos se agarrariam a eles para manter-se à tona até ser resgatados.

Ao meio-dia o tempo piorou. O Astúrias balançava com o mar agitado e muitos passageiros se recolheram aos camarotes, enjoados. Elena vomitava e a mãe achou melhor mantê-la deitada e dar-lhe remédios. Federico, ao contrário, sentia-se bem-disposto e eufórico com a expectativa do carnaval. Era a primeira vez que nós, espanhóis, participaríamos da festa.

O menino assistiu conosco à mudança da carga no tombadilho de popa e depois foi circular pelo navio, como costumava fazer. Tinha amigos na segunda classe econômica e no porão de imigrantes. Soubemos por ele que muitas famílias passavam mal lá embaixo. Uma cena o impressionou mais que todas. Uma mulher, temendo não resistir, descosturou a barra do casaco, onde havia guardado um anel, e entregou-o ao marido. Se algo lhe acontecesse, disse ela, que vendesse a joia para recomeçar a vida na América.

O balanço das ondas deixou os padres capuchinhos assustados. Na mesa do almoço, Frei Francisco teve a infeliz ideia de relembrar o caso do *Titanic*, que havia afundado quatro anos antes, no Atlântico Norte, depois de bater num *iceberg*. Mais uma vez o padre foi aconselhado a se calar. Com exceção de Marina Vidal, habituada às viagens marítimas, ninguém queria alimentar esse tipo de conversa. O religioso voltou a repetir que não sabia nadar e que, se algo de ruim acontecesse, só lhe restava rezar e entregar a alma a Deus.

Os preparativos para o baile ocuparam o resto da tarde. À medida que a noite chegava, os ânimos melhoraram. O mar ficou mais calmo e o *Astúrias* navegava devagar. Quase não se sentia seu balanço; parecia até estar parado.

O Carnaval começou após o jantar. Uma orquestra veio animar o ambiente. O restaurante foi transformado em salão de baile. Os passageiros receberam confete, serpentina e champanha à vontade. A tripulação teve permissão para participar da festa, desde que não ingerisse bebidas alcoólicas.

Os oficiais circularam por todas as classes do navio. Foi a segunda vez que vi o Capitão José Lotina. Ele apareceu no salão, muito elegante em seu uniforme, agradeceu nossa presença a bordo e desejou a todos bom divertimento no baile. Confirmou que na manhã seguinte o *Astúrias* chegaria a Santos e pôs-se à disposição de quem precisasse. Angel e eu o abordamos e pedimos para lhe falar em particular. Ele disse que estaria na torre de comando a noite toda, acordado. Costumava comandar pessoalmente o navio quando este navegava perto da costa. Podíamos procurá-lo a qualquer hora.

Depois de ouvir isso, nossa preocupação foi embora. Mais tarde iríamos até lá para o Capitão nos casar. Antes, viveríamos plenamente a última noite a bordo. Tudo contribuiu para que ela fosse mágica: a música, as danças, a champanha, as máscaras carnavalescas que todos usavam, a quantidade de gente andando pelo navio, a ausência dos pais, que se recolheram mais cedo, e a cumplicidade de Arturo, que nos fez um sinal e nos ofereceu a chave do camarote. "Vou com Federico ao convés; vocês podem ficar à vontade", ele disse, antes de se afastar.

Então, minha filha, Angel e eu entramos no pequeno espaço que ele dividia com os irmãos e lá estivemos não sei quantas horas, porque o relógio não existia quando nos perdemos em carícias e nos fundimos num único corpo, uma vez que éramos uma única alma. Depois, ficamos longo tempo em silêncio, abraçados. Já havíamos nos recomposto e nos preparávamos para ir procurar o Capitão Lotina quando ouvimos um ruído fortíssimo, como se rasgassem ou arrastassem alguma coisa pesada. Saímos para o corredor. Muita gente passava correndo, assustada. O Príncipe de Astúrias estava parado.

16. S.O.S. *Príncipe de Astúrias*

– O choque contra a laje da Ponta da Pirabura foi tão violento que abriu um rasgo de 44 metros no lado esquerdo do casco – dizia Ulisses, mostrando na maquete o lugar do rombo. – Em cinco minutos o *Astúrias* estava submerso.

Emilio e Mariana acompanhavam o relato do mergulhador desde o início da tarde. Suas visitas ao museu tinham se tornado diárias. Queriam ouvir até o final as histórias que ele pesquisara durante trinta anos sobre o naufrágio.

– Eram 4h15 da manhã quando houve o choque – Ulisses continuou. – Na versão oficial, chovia forte e o nevoeiro reduzia a visibilidade a zero. O segundo-piloto Rufino Onzain y Urtiaga entrara de plantão às 4 horas. Lotina estava ao seu lado. Navegavam com a sirene ligada, esperando ver a qualquer momento o farol da Ponta do Boi. Mas o que surgiu diante deles, iluminada por um relâmpago, foi uma imensa rocha, para a qual se dirigiam em linha reta. "É terra?", indagou Lotina, horrorizado. "É terra!", confirmou Urtiaga, perplexo. O capitão ordenou à casa de máquinas dar ré, a toda força, mas era tarde...

– Não houve tempo para baixar os escaleres? – perguntou Emilio.

– Não. O único que foi usado, o número 18, se desprendeu sozinho pela força do choque. Graças a ele mais de 100 pessoas se salvaram.

– E o telégrafo? Ninguém pediu socorro? – indagou Mariana. – O navio possuía um telégrafo sem fio moderníssimo para a época, não é verdade?

– Exato, mas tampouco foi usado. Tentaram três vezes enviar S.O.S., mas nessa altura as caldeiras explodiram e acabou a energia elétrica. Daí para a frente tudo estava perdido. Foi um salve-se quem puder...

Alinhavando os depoimentos dos sobreviventes, dava para compor mais ou menos o cenário da tragédia. A maioria dos passageiros dormia nas cabines e não teve a menor chance de sair de lá. Os que se divertiam no final do baile e conseguiram chegar às áreas externas eram varridos por vagalhões e atirados na água. Ali, agarravam-se a fardos de cortiça, pedaços de madeira, partes do navio que despencavam. Em minutos o mar ficou coberto de cadáveres e de náufragos desesperados, lutando contra as ondas, na escuridão completa. Os que tentavam nadar até a costa eram lançados contra as pedras.

– É verdade que o Capitão Lotina se matou com um tiro na cabeça? – quis saber Mariana, que havia lido isso em algum lugar.

– Não creio que houve tempo nem para ele pegar um revólver – afirmou Ulisses. – Essa versão foi defendida pela *Pinillos Izquierdo* e outros que tinham interesse em proteger a reputação de Lotina, que foi acusado de negligência e é suspeito de coisas até piores. Disso falaremos outro dia, meninos. Penso que o capitão morreu no naufrágio, embora seu corpo nunca tenha sido encontrado.

Ulisses achava mais provável a versão do médico de bordo, Francisco Zagrata, e a do segundo-piloto, Rufino Onzain y Urtiaga. Zagrata dormia na sua cabine e acordou com o choque. Entendeu a gravidade da situação quando viu o capitão no corredor, alucinado. "Meu filho, estamos perdidos! Pobre gente!", disse, ao passar por ele. E Rufino Onzain y Urtiaga garante que a mesma onda que o varreu da torre de comando arrastou José Lotina para o fundo do mar.

© JEANNIS PLATON/HISTORIADOR/MUSEU NÁUTICO ILHABELA

– *Logo* em seguida a chaminé desabou, espalhando fogo sobre a água e queimando tudo ao redor – Ulisses continuou o relato. – O ajudante do médico, Manoel Salegaray, que não sabia nadar e conseguiu um colete salva-vidas, sofreu queimaduras e aguentou terríveis golpes do mar por duas horas, até o dia clarear. Foi quando viu algo grande e branco se movendo em meio à neblina. Era o escaler de número 18, que vagava à deriva, carregando algumas pessoas. Salegaray, Zagrata e Urtiaga também foram parar dentro dele.

O segundo-piloto assumiu o comando do bote. Ele e outros tripulantes remaram e recolheram vários náufragos que se debatiam nas ondas. Quando o escaler enchia, Urtiaga os desembarcava em terra firme, num local em que o mar era mais tranquilo. Assim prosseguiram vasculhando os escombros até ser salvos pelo vapor francês *Vega*, na manhã de domingo, dia 5 de março.

112

– Era a primeira vez que o *Vega* vinha ao Brasil – Ulisses abriu um álbum de recortes sobre o naufrágio. – Tinha feito escala no Rio de Janeiro e zarpara para Santos. Perto da Ponta do Boi, o comandante Auguste Poli notou que havia destroços na água. Mandou parar as máquinas e recolheu todos os náufragos que encontrou, inclusive os que estavam no escaler e os que tinham sido deixados em terra firme, sobre as pedras. Foi recebido em Santos como um herói. No total, o *Vega* resgatou 143 pessoas.

Mariana e Emilio folheavam a pasta de recortes em busca de alguma outra pista. Pensavam, cada um, em seus antepassados. Como teriam sido resgatados *Marianna*, Cristóbal e Federico? Que tragédia terrível! O número de sobreviventes era mínimo perto da lotação do navio...

– Todos os que sobreviveram foram recolhidos pelo *Vega*? – quis saber a menina. – Não houve náufragos que se salvaram de outra forma?

Poucos, mas houve, contou Ulisses. Três homens e uma criança foram achados perto da Ilha de Búzios, ao norte de Ilhabela, dias depois do acidente. E houve o tripulante Gregorio Siles Peña, chefe dos eletricistas de bordo, que amargou 18 horas numa tábua, com um companheiro, até darem numa praia deserta. Passaram dias se alimentando com azeitonas de um barril que chegou boiando, da carga do *Astúrias*, e foram salvos por pescadores de Ilhabela.

– Durante semanas apareceram cadáveres nas praias da Ilha e até em locais distantes, como Ubatuba – lamentou o mergulhador. – Eram tantos que os caiçaras os enterravam na areia. Os encontrados no Saco do Sombrio, Baía de Castelhanos e Ponta da Pirabura foram enterrados em um cemitério criado na Praia da Serraria, por ordem das autoridades. Apenas os corpos resgatados por navios foram enterrados em Santos por conta da colônia espanhola.

Tudo aquilo era tão tétrico que Mariana sentiu arrepios. É verdade que a temperatura caíra por causa da chuva. No verão, chovia muito na Ilha. Emilio passou o braço pelos ombros dela para protegê-la do frio. Uma dúvida não lhe saía da cabeça. Uma não – muitas.

– Por que você falou em "versão oficial", Ulisses? De que "coisas piores" é suspeito o Capitão Lotina? Você acha que ele foi negligente? É possível que as rochas vulcânicas de Ilhabela tenham desregulado os instrumentos do navio e ocasionado a perda de rumo? Em sua opinião, o que aconteceu?

O mergulhador deu risada diante da avalanche de perguntas.

– Calma, rapaz! Vamos por partes... Se você soubesse quanta gente, ao longo destes 100 anos, tenta responder a isso! Há várias versões, algumas bem fantasiosas. Mas por hoje guardem esta certeza: o *Astúrias* estava fora de sua rota. Quem vem da Europa para Santos passa ao largo de Ilhabela. O navio não poderia ter se aproximado tanto, a ponto de passar entre as ilhas de Búzios e Vitória, uma rota de contrabando conhecida por todos desde o tempo dos piratas. Agora digam: vocês acham que o Capitão José Lotina, com toda a sua experiência, teria cometido um erro de navegação tão crasso?

17. Náufragos

Emilio saiu do Museu dos Naufrágios muito abalado com o que ouviu. Veio mudo no início do percurso até a Vila. Abraçava Mariana com força, como se quisesse salvá-la das águas revoltas da Ponta da Pirabura. Depois de andarem uns quarteirões, voltou a chuviscar e eles buscaram abrigo na parada de ônibus. Dali a pouco o coletivo passou e resolveram subir.

– Onde estavam meu avô e o bisavô na hora do naufrágio? – Aquela interrogação não saía da cabeça de Emilio. – Por que só eles conseguiram se livrar daquele inferno? Onde estaria o resto da família?

O ônibus sacolejava e os passageiros eram jogados para lá e para cá. Emilio e Mariana, em pé, se apoiavam um no outro.

– Você não conheceu seu bisavô? – perguntou a menina.

– Não, quando nasci ele já não existia. Mas com o avô Federico convivi bastante. Eu tinha 10 anos quando ele morreu, aos 97. Os Guerrero têm filhos tarde. Meu pai tinha 45 anos quando nasci e meu avô tinha 42 quando meu pai nasceu. Eu gostava *demasiado* do *abuelo*. Era saudável, vivia no campo, trabalhava na terra. Se não fosse o câncer que teve, ainda estaria aqui.

O ônibus chegava à Vila. Deram sinal para descer na pracinha.

– Ele nunca falou nada sobre o *Príncipe de Astúrias*?

– Nunca. Com ninguém, nem com o próprio filho. Soubemos sobre o naufrágio pouco antes de ele morrer. No hospital, dizia nomes, se debatia... Queria notícias da mãe, dos irmãos... Então descobrimos...

Uma suspeita maluca passou pela cabeça de Mariana.

– Você lembra que nomes ele dizia?

– Não, mas que importa isso? – Emilio ajudou-a a descer do ônibus. – Nomes espanhóis comuns, acho. A única coisa que ouvíamos com clareza era *Príncipe de Astúrias*...

Tinha anoitecido. Deram um passeio pela Vila. A feirinha de artesanato começava a receber turistas. Gente jovem e bonita andava nas ruas, abrigada em impermeáveis coloridos. Um arco-íris surgiu no céu. Emilio estava faminto e convidou Mariana para uma pizza. Escolheram um restaurante no píer. A vista era encantadora: luzes, o mar, a serra do outro lado, a cidadezinha.

Mas nem o cenário romântico conseguiu afastar a tristeza que os dois sentiam. Saber detalhes do naufrágio tinha sido horrível. Mariana só pensava em *Marianna* e Angel, saindo da cabine depois de se entregarem um ao outro de uma forma tão linda. Pela primeira vez ela adiava a leitura do capítulo seguinte de *El Libro*. Temia saber a verdade sobre os momentos finais de sua trisavó no *Astúrias*.

Só tarde da noite, depois de assistir às telenovelas com Bisa Angelina e Cleusa, Mariana foi para o quarto e, devagarzinho, com relutância, abriu o livro. Havia rasuras e borrões nas páginas, como se *Marianna* as tivesse relido e corrigido ao longo dos anos. Talvez chorado ao reviver tudo...

✳✳✳

Ilhabela, madrugada de 5 de março de 1916

Como eu dizia há pouco, minha filha, tínhamos nos recomposto e nos preparávamos para pedir ao Capitão Lotina para nos casar a bordo, antes de chegar a Santos, quando ouvimos um ruído fortíssimo, como se rasgassem ou arrastassem alguma coisa pesada. Saímos para o corredor. Muita gente passava correndo, assustada. O *Príncipe de Astúrias* estava parado.

Pela expressão de pânico nos rostos, percebemos que algo gravíssimo havia acontecido. Nosso primeiro impulso foi acordar familiares e amigos, mas não pudemos chegar às cabines, pois a energia do navio foi cortada e tudo ficou no escuro. Angel e eu nos agarramos um no outro para não nos perdemos e corremos para a escada que levava ao tombadilho. Centenas de pessoas faziam o mesmo, empurrando e derrubando quem estivesse pelo caminho. Foi tudo tão rápido, minha filha! No convés, a confusão era medonha. Só se ouviam gritos e orações desesperadas pedindo ajuda. Homens e mulheres, de joelhos, rezavam em voz alta, implorando a Deus que salvasse seus filhos.

A muito custo, Angel conseguiu um colete salva-vidas e me fez vesti-lo. Eu não sabia nadar; ele, sim. O navio estava inclinado e vagalhões

ameaçavam invadi-lo. Angel me abraçou e disse: "Estamos perdidos, Marianna. Vamos morrer. Morreremos juntos".

Foi a última vez que eu o vi, Angelina.

118

uma onda me lançou ao mar. Na queda, fui jogada contra a amurada do Astúrias e senti uma dor terrível. Mais tarde soube que fraturei o braço e o ombro, mas naquela hora, aterrorizada, entre gritos de náufragos e corpos que passavam boiando, o instinto só me dizia para me afastar do navio. Agarrei-me a uma prancha onde estavam outras pessoas, mas fui empurrada e caí. Batia os braços e pernas desordenadamente, quando a chaminé do Astúrias veio abaixo, despencando sobre os camarotes de primeira classe e espalhando fogo ao redor do que restava do navio. Um relâmpago iluminou o céu e foi assim que vi o Astúrias ser tragado pelas águas. O terror que sentia era indescritível.

Finalmente, pela graça de Deus, encontrei um engradado de cortiça. Agarrei-me a ele e boiei por quatro horas, meio inconsciente, entregue à sorte, até a providência me socorrer.

Ela veio na forma de um bote salva-vidas cheio de gente, para onde fui puxada por mãos salvadoras. Desfalecida, reconheci alguns tripulantes. Eles remavam contra as ondas e, algum tempo depois, nos desembarcaram sobre rochas, em terra firme. Em seguida voltaram ao mar e ficamos ali.

O dia tinha clareado e a chuva, diminuído. Entre os vultos em roupas de dormir, alguns despidos, havia muitos homens, poucas mulheres e apenas duas criancinhas. Reconheci três dos padres capuchinhos. Na viagem seguinte, o bote trouxe Marina Vidal, José Martins Vianna e dois imigrantes do porão que nós conhecíamos. Nenhum dos García Sola, ninguém da família Ramírez. Eu rezava desesperadamente para Angel vir na leva seguinte. Ainda tinha esperanças de vê-lo com vida. Mas isso não aconteceria...

O escaler voltou mais uma vez, lotado. Ao aproximar-se da terra, saltou dele um homem com uma grossa batina. Era frei Francisco! Emocionado, ele contou que o milagre havia acontecido. Sem saber nadar, tinha passado horas em cima de uma prancha, boiando, até ser recolhido pelo bote salva-vidas.

Já éramos uma centena de náufragos sobre as pedras. Frei Francisco tirou a batina que usava por cima da roupa e deu-a a uma senhora quase despida. Do bolso da calça resgatou santinhos encharcados e distribuiu-os. Lembro-me de ter recebido um deles em minhas mãos crispadas, sulcadas pelo esforço de me agarrar ao engradado de cortiça. Meu braço e meu ombro doíam muito. Devo ter desmaiado, pois a partir desse momento não vi mais nada. Nem mesmo a chegada do navio francês *Vega*, no qual – soube depois – fui uma das últimas pessoas a ser recolhida. Estava semimorta, envolta em brumas.

PARTE IV
RESGATE

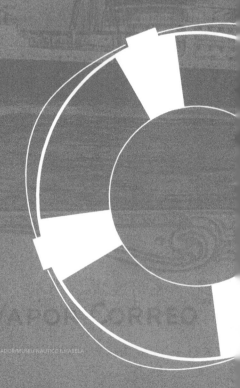

"A aranha trama
Traça na memória
A trajetória do tule
Trama e traça
Executa e aprimora.

***

Há uma aranha escondida
Em minha caixa de assombros
Que trama a textura do xale
Que jogo aos ombros."

Anchella Monte
A trama da aranha

18. Sobreviventes

No meio da noite, em Ilhabela, Mariana chorava em sua cama. Um galo cantou num quintal vizinho. Cachorros latiam. Eram assim as madrugadas na casa de Bisa Angelina. A menina abriu a janela e aspirou o perfume dos jasmins. Estava sufocando no quarto, precisava de ar puro. Sentia-se cercada por náufragos em frágeis pranchas de cortiça, à mercê das ondas e da providência divina. Onde estavam os lenços de papel?

Mariana foi ao banheiro buscar a caixinha. Cleusa a viu no corredor e levantou. Ela queria alguma coisa? Um suco, um sanduíche? Mas a garota não tinha fome desta vez. Só precisava voltar ao quarto e ler, ler até o final o diário escrito pela sua trisavó há quase um século, contando uma história que nunca havia sido mencionada na família. Será que apenas Bisa Angelina conhecia o conteúdo de *El Libro*? Quem mais saberia detalhes do naufrágio e do amor de *Marianna* e Angel, tão forte e tão breve, que havia durado apenas 16 dias?

Mariana fechou a janela do quarto e um estremecimento percorreu sua espinha. Tóóóóiiiimmm... Era como se um punhado de fichas lhe caísse na cabeça e se espalhasse pela cama, pelo chão, por tudo... Angel... Angelina... Como não reparara na coincidência tão óbvia e sugestiva? Sem dúvida que *Marianna* quis homenagear seu amor perdido dando o nome dele à sua primeira filha. Mas... será que era só isso?!...

***

Santos, 9 de março de 1916

Acordei em uma enfermaria na Santa Casa de Misericórdia de Santos, entre outros sobreviventes da tragédia do *Príncipe de Astúrias*. Diante do triste acontecimento, a divisão do navio em classes não tinha mais sentido. Entre os náufragos socorridos na Santa Casa estava o cônsul americano Carl Friederick Deicman, que viajava no camarote mais luxuoso da primeira classe do navio.

Tia Florência estava debruçada sobre mim. "Graças a Deus, minha filha, graças a Deus!", ela repetia e fazia o sinal da cruz. "Enviamos um telegrama ao seu pai contando que sobreviveu à terrível catástrofe que ceifou tantas vidas. Graças a Deus, Marianna! É um milagre você estar viva!"

Assim conheci a mulher do tio José, irmão do meu pai, que viria a ser tão importante em nossa vida. Aparentava estar perto de 50 anos, tinha olhos doces e um coração feito sob medida para acolher qualquer criatura. Era mãe de filhos adultos e avó de vários netos, e me adotou como filha desde o primeiro instante em que me viu no leito, desprovida de tudo, meio sedada e enfaixada por causa das fraturas. Soube por ela que havia três dias que eu ali chegara, em estado lastimável, recolhida pelo *Vega*. Era, portanto, o dia 9 de março.

Eu sentia dores pavorosas no corpo e na alma. Mal podia me mover. Meu único desejo era saber se Angel havia sido resgatado com vida. Perguntei sobre a família García Sola e sobre os Ramírez. Tia Florência foi se informar e trouxe péssimas notícias. Nenhum desses nomes constava da lista de sobreviventes. Todos mortos... Era difícil acreditar nisso...

A extensão da tragédia causou intensa comoção no Brasil e no mundo. Jornais de vários países publicaram relatos de náufragos, entrevistas, retratos, condolências e anúncios de missas fúnebres encomendadas pela alma dos mortos. Falava-se em 500 desaparecidos. Eu sabia que eram muitos mais. Uma lista de passageiros apareceu no bolso de um homem que viajava na primeira classe, cujo corpo fora trazido pelo navio espanhol *Patrício de Satrustegi*, que ajudou a Marinha Brasileira nas buscas. Depois soubemos que era uma lista incompleta, extraída de uma publicação de bordo. Nem meu próprio nome se encontrava ali.

A Colônia Espanhola movimentou-se para recolher donativos para os infelizes que perderam tudo. Nem roupas nós possuíamos. Fizeram campanhas, listas e espetáculos beneficentes. Toda vez que se falava no aparecimento de novos sobreviventes, minhas esperanças renasciam. Um grupo de homens foi encontrado dias mais tarde, andando pela mata em Ilhabela. Mas Angel não estava entre eles. Em vão esperei por mais notícias... Até que, com o passar dos dias, fui me convencendo de que nunca mais o veria. E nem os amigos a quem me afeiçoara tanto: Arturo, Federico, Elena, Pilar, Amparo, o Sr. Hernán e a Sra. Dolores Ramírez, o Sr. León e a Sra. Soledad García Sola...

Nunca mais... Todos mortos... Como era possível?

No entanto, no meio desse horror, posso dizer que tive sorte, Angelina. Fui recebida com amor e carinho pela família dos meus tios. Tio José viera para o Brasil dez anos antes, com a mulher e os filhos pequenos, seguindo os passos de outros parentes, que ganhavam a vida nas lavouras de café do interior paulista. Não se acostumaram ao trabalho no campo e voltaram para Santos, onde tio José se associou a dois amigos espanhóis para montar um ferro-velho. Trabalhavam duro e estavam prosperando.

Tia Florência me visitou todos os dias durante as quatro semanas em que estive internada. Os ferimentos foram cicatrizando, mas meu sono era agitado, povoado por alucinações e delírios. Despertava aterrorizada nas madrugadas, ouvindo o ruído do casco do navio se rasgando na rocha e os gritos por socorro das pessoas no convés. Davam-se calmantes e eu voltava a dormir.

Quando melhorei e pude ser levada à varanda da Santa Casa para tomar sol, tia Florença me anunciou, com cuidado, que chegara a hora de eu receber a visita de meu noivo, Carlos Ortiz, filho de um dos sócios do tio José. Carlos e o irmão possuíam uma pequena fábrica de fogareiros e equipamentos elétricos.

Pelo olhar dela eu intuí que tia Florência sabia de tudo. Que adivinhava o que aconteceu a bordo, que lastimava meu sofrimento, mas me aconselhava a ser forte e a me casar com aquele homem o mais breve possível. "Carlos é um rapaz de bem, honesto e trabalhador. Gostamos dele como de um filho. Ele quer marcar a data do casamento, Marianna. Você concorda? Quer escolher o dia?", ela me disse, num tom carinhoso, mas firme.

Para mim tanto fazia um dia como outro. Eu tinha perdido Angel, nada mais importava. Como um autômato, uma sonâmbula, um vulto vagando pelo mundo, deixei que resolvessem os detalhes e agradeci por tudo.

Carlos me visitou duas vezes no hospital e outras duas na casa dos tios, para onde fui levada quando recebi alta médica e me consideraram pronta para voltar à vida. Ele tinha o olhar de um homem bom e parecia compreensivo. Penalizado com o que eu sofrera no naufrágio, sugeriu uma cerimônia o mais simples possível. Não haveria vestido de noiva, nem festa, nem convidados. Apenas os pais dele e os meus tios como testemunhas.

Ao sairmos do cartório, enrolei nos ombros o xale espanhol bordado com flores que tia Florência me deu de presente e fomos à loja de um fotógrafo posar para o retrato de família.

19. Tesouro sob as águas

– Você me perguntou por que o *Astúrias* naufragou; quer saber o que, em minha opinião, provocou o desastre, certo, Emilio? É uma história cheia de mistério, que envolve cobiça e tesouros escondidos. Vou contar as conclusões a que cheguei. Acompanhem meu raciocínio.

Mariana nem estava tão interessada nas causas do acidente, só queria conhecer o final do relato da sua trisavó nas páginas de *El Libro*, mas tinha de esperar a noite para poder ler e, mais uma vez, foi com o namorado ao Museu dos Naufrágios para ouvirem as explicações de Ulisses.

Ela e Emilio sentiam-se cada vez mais próximos. Estavam apaixonados, todo mundo via. O ditado "amor de verão não sobe a serra" não valia para o caso deles. Continuariam a se ver em São Paulo, onde ele também iria morar. O que preocupava Mariana em relação a Emilio era outra coisa: aproximava-se o dia em que ele mergulharia nos escombros do *Príncipe de Astúrias*. Ela não gostava nadinha da ideia. Já tinha perguntado mil vezes ao diretor do Museu:

– Você jura que é um mergulho seguro, Ulisses? Eu tenho medo dessas aventuras, sabia? Não vá fazer meu namorado cair numa arapuca...

E pela enésima vez Ulisses tinha garantido, rindo do jeito dela, que só levaria Emilio para mergulhar no *Astúrias* quando as condições meteorológicas e técnicas fossem as melhores possíveis. Ele não era louco para desafiar o "caldeirão do diabo", como os mergulhadores apelidaram o fundo do mar na Ponta da Pirabura. A violência das correntes provocava um turbilhão na areia do fundo. Por isso o *Astúrias* era o único naufrágio da Ilha onde não se formara uma colônia expressiva de vida marinha.

– Ok, então pode voltar à tal história dos tesouros, Ulisses – disse a menina. – Acha mesmo que o naufrágio não foi causado pelo temporal, nem pela bússola desnorteada e nem por essas correntes fortíssimas?

– Um vapor do porte do *Príncipe de Astúrias* tinha recursos para superar a violência das ondas e a visibilidade ruim. Não foi o mau tempo que provocou o acidente, estou certo disso.

– Nem as anomalias na bússola? – insistiu Emilio.

– Isso pode ter contribuído, sim. O fenômeno do "desvio magnético" da bússola foi confirmado oficialmente pela Marinha. Eu mesmo o constatei na prática. Navegando entre a Ponta das Canas e a Ponta da Pirabura, não só sofri anomalias na bússola como pane no motor do meu barco. Mas, no caso do naufrágio do *Astúrias*, a pergunta que deve ser feita é: o que o transatlântico fazia perto da Ponta da Pirabura? Escutem que eu chego lá...

Segundo Ulisses, a carga valiosa que o navio transportava era o pivô da tragédia e estava por trás de todas as versões sobre o naufrágio, até das mais estapafúrdias. Uma delas, por exemplo, dizia que o *Astúrias* carregava ouro enviado pelos espanhóis para a Revolução Mexicana, comandada por Emiliano Zapata, no início do século XX. Para despistar saqueadores, esse ouro iria até Buenos Aires e lá mudaria de navio, seguindo em segurança até seu destino.

– Que ideia mais maluca! – exclamou Emilio.

– Que havia ouro a bordo é certo – afirmou Ulisses. – Diversas fontes confirmam. A quantidade e a destinação dele é que variam. Alguns falam em 8 milhões de libras esterlinas, outros em 40 milhões. Em uma versão, dizem tratar-se de ouro diplomático, enviado pela Inglaterra para pagar a Argentina pelo trigo fornecido durante a Primeira Guerra Mundial. Em outra, que o ouro seria destinado à abertura de um banco espanhol em Buenos Aires.

O fato é que o *Astúrias* era um vapor correio oficial, e como tal levava malas diplomáticas, explicou o diretor do Museu. Outra evidência disso é que, um ano após ser lançado ao mar, ele voltou ao estaleiro para a instalação de um cofre na cabine do comandante Lotina. Na viagem fatídica, havia no cofre joias e dinheiro dos passageiros, além de valises diplomáticas argentinas. Sem falar que os cinco porões estavam carregados com 10 mil toneladas de cargas as mais variadas, de bebidas a minérios, de alimentos a matérias--primas para a indústria, de obras de arte a peças para o arsenal da Marinha Argentina.

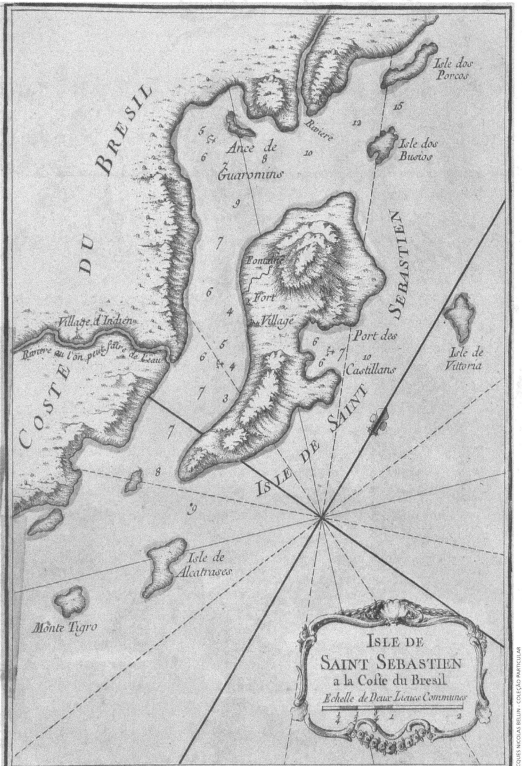

– Tanta riqueza deve ter despertado muita cobiça – Mariana opinou.

– Exato. Durante a viagem e também depois. Mas vamos voltar àquela pergunta: por que o *Astúrias* estava da Ponta da Pirabura, completamente fora da rota dele?

– Por quê? – perguntaram Emilio e Mariana juntos.

Ulisses foi juntando fios de uma intrincada meada para orientar seu raciocínio. Em depoimentos da época, sobreviventes declararam que o *Astúrias* havia passado entre as ilhas de Búzios e Vitória, uma rota para barcos menores que jamais poderia ser usada por um transatlântico. Habitantes de Búzios foram além: eles viram, na madrugada de 5 de março de 1916, o navio passando entre as duas ilhas, com pouca iluminação e em velocidade reduzida, acompanhado a bombordo por uma embarcação menor. A imagem dos dois barcos juntos teria durado uma hora, até sumir na escuridão.

– O que isso quer dizer, Ulisses? Não estou entendendo...

– O sobrevivente brasileiro José Martins Vianna afirmou que o naufrágio foi criminoso. Ele citou o fato de ter havido, na manhã do dia 5 de março, uma "reacomodação" da carga do porão de popa. Segundo a tripulação, caixas tinham sido empilhadas em ordem inversa. As que desceriam em Buenos Aires estavam por cima das destinadas a Santos. Não parece estranho?

O diretor do Museu fez uma pausa, olhou para os dois e soltou a bomba:

– Minha convicção é que a carga foi tirada do porão e contrabandeada, ou "desovada", como se diz, para a embarcação pequena vista pelos caiçaras na madrugada chuvosa. O que havia nas caixas? Ouro? Outros valores? Não sei... Mas certamente a operação só ocorreria com o conhecimento de Lotina e da tripulação, ou parte dela. Não é sugestivo que 80% dos tripulantes tenham sobrevivido, e apenas 5% dos passageiros? É como se eles estivessem em alerta, sabendo dos riscos daquela noite...

– Minha nossa! Isso seria monstruoso! – exclamou Mariana.

– Que horror, Ulisses! Será possível? – Emilio estava chocado com a suspeita do mergulhador. – Mas... E depois de "desovar" a mercadoria? Você está sugerindo que o choque contra a Ponta da Pirabura foi proposital?

– Não, de jeito nenhum, Emilio. Penso que, após a "desova", ao tentar voltar à rota original, o *Príncipe de Astúrias* se perdeu... Para isso contribuíram o desvio magnético da bússola e o desconhecimento que Lotina tinha da costa de Ilhabela. Era a sexta viagem que ele fazia entre Barcelona e Buenos Aires. Mas a rota oficial passa ao largo, a seguras 15 milhas do lugar...

No mapa, Ulisses mostrou os dois trajetos, o correto e o que foi feito pelo navio. A possibilidade era tão assombrosa que ficaram longo tempo em silêncio. Emilio e Mariana estavam perplexos. Se isso fosse verdade, centenas de vidas humanas tinham pagado caríssimo pelo erro do comandante.

– De qualquer modo, a valiosa carga do *Astúrias* nunca foi encontrada – Ulisses concluiu a explicação. – Nem por minha equipe, que trabalhou durante 10 anos no resgate do navio, com licença da Marinha, nem por expedições anteriores, que desde 1940 buscaram o tesouro que haveria debaixo d'água. Sabem de uma coisa, meninos? Apenas 10% dos acidentes marítimos não têm explicação. O *Astúrias* está entre eles. Nunca saberemos o que aconteceu...

SR. ALCALDE PRESIDENTE del AYUNTAMIENTO de la VILLA de PLENCIA.

Roberto Lotina Bengurio, natural de Górliz, Vizcaya, domiciliado en esta Villa, estudiante, mozo perteneciente al reemplazo del año actual por el alistamiento de este Municipio, a V.S. con la consideración y respeto debidos, tiene el honor de acudir y expone:

Que su padre Don José Lotina Abrisqueta naufragó en el vapor español "PRINCIPE de ASTURIAS" el día cinco de Marzo de mil novecientos diez y seis, en aguas de Montevideo, sin que conste su desaparición ni que se halle inscrita su defunción en el Registro civil. Y necesitando acreditar el fallecimiento o la desaparición de su citado padre a los efectos del art. 409 de la vigente Ley de Reclutamiento y Reemplazo del Ejército, de cuya aplicación lidia a este expediente información testifical para cuya diligencia se ofrece como y sin propuesta los de esta vecindad a Don Arrigoitia, Don Gordoqui L Villa, o quienes a V.S.

SUPLICA entreporlo, a los fines

Es gra guarde Dios

io a veintiseis d ntado el anterior smo constando para que el día veintisiete del actual y ho s once de la mañana concurran a estas Casas Consistoriales r sobre los extremos que se mencionan en el citado escrito. mandó y firma el Sr. Alcalde Don Jesús de Ansuátegui y Arria Villa de Plencia y fecha indicada, de lo que yo, el Secreta-

20. Revelações

Mariana entrou em casa preocupada. Além das barbaridades que ouvira, pensava nas palavras de Ulisses enquanto deixavam o Museu. Ele aproveitou um momento em que Emilio não os ouvia para contar que as investigações sobre Federico Guerrero estavam quase concluídas, e que o resultado era surpreendente. Achava melhor contar tudo a ela antes de Emilio saber. Assim, juntos, ambos decidiriam a melhor maneira de transmitir a notícia a ele. Ulisses prometeu ligar para o celular de Mariana logo que tivesse certeza.

Enquanto essa hora não chegava, ela tirou *El Libro de Marianna* de dentro da mochila, abriu-o nas últimas páginas e leu avidamente.

****

Santos, 20 de abril de 1916

Antes de saber, eu já sabia. Eu sabia que você viria, minha filha, porque Angel me apareceu num sonho e me contou. Disse-me que estava bem, em paz; que estava com seus pais e irmãos. Que eu não me preocupasse, não chorasse e nem sofresse. Disse-me que ele tinha ido embora, mas me deixava um presente. Um presente para sempre, para a vida inteira, pelos séculos afora, até outras gerações... O presente era você, Angelina. Uma dádiva de Deus.

Acordei em estado de graça, depois de receber a revelação.

Entende agora por que reluto em entregar-lhe este diário, em lhe contar nosso segredo? Para o mundo e para a família você é filha de Carlos, tem o sobrenome dele, o mesmo de Carlito e de outros filhos que um dia chegarão. Além do nome, você tem o amor de Carlos Ortiz. Eu não me enganei, ele é um homem bom. Tão bom que não fez perguntas, não quis saber do passado, de nada que ficou atrás, na Espanha ou no oceano. Ele apenas nos aceitou e nos amou. Assim como se vira a página de um livro, minha vida de antes foi guardada para a história seguir em frente. Com o naufrágio do *Príncipe de Astúrias*, uma nova vida começou para mim no Brasil, na cidade de Santos. Sinto-me feliz nesta terra e nesta família, eu lhe garanto.

Você cresce forte e saudável, Angelina, amada por todos. Dei-lhe o nome dele e tia Florência a batizou. Entre tantos outros netos, ela tem uma afeição especial por você. Sei que ela sabe a verdade, embora nunca tenha comentado nada a respeito. Quando você nasceu, minha filha, um mês e meio antes do tempo, tia Florência atribuiu o parto prematuro ao desgosto e aos ferimentos que eu sofrera. E assim impediu especulações e comentários de quem quer que fosse. É como se nós duas tivéssemos feito um pacto de silêncio.

Sim, é verdade que tive sorte, escapei da morte e encontrei uma nova vida me esperando. Mas às vezes olho para você, minha filha, como agora, tão entretida em suas brincadeiras, e vejo Angel. Você não herdou os olhos azuis de seu pai, mas tem o mesmo sorriso dele. O mesmo espírito forte e amoroso, que esteve comigo por 16 dias apenas.

Gostaria de poder visitar seu túmulo, levar-lhe flores, mas nem mesmo sei onde o corpo dele se encontra. Não sei se está enterrado numa praia em Ilhabela ou se dorme para sempre no fundo do oceano. O corpo de Angel nunca foi encontrado, nem o de seus pais e irmãos. Se quiser estar com ele algum dia, minha filha, chegue perto do mar e faça uma oração.

É isto que eu precisava lhe contar. Espero que me compreenda e que, se puder, me perdoe. Todo o amor de sua mãe,

Marianna.

****

Mariana estranhou a despedida, pois *El Libro* não acabava ali. Havia ainda algumas páginas pela frente. Marcou o local com um marcador de páginas, bebeu um copo d'água, abriu a janela do quarto e ficou olhando a noite. Durante a leitura, tinha imaginado esse desfecho, mas vê-lo escrito com todas as letras era impactante. Minha nossa, que bomba na família! O pai de Bisa Angelina não era Carlos Ortiz, era outro! O sangue que corria nas veias da Bisa, e por consequência nas de seus descendentes, era de Angel García Sola, natural de Múrcia, Espanha, morto no naufrágio do *Príncipe de Astúrias*, enterrado em alguma praia ou no fundo do oceano. Então era esse o segredo guardado na arca por quase 100 anos!

Um redemoinho de emoções agitava o coração da garota. Emocionava-a o relato da trisavó. Colocava-se no lugar dela e pensava em como reagiria na mesma situação. Era difícil imaginar, pois os tempos eram outros. Hoje não seria problema ter um filho solteira; bastaria a dor pelas perdas. Já em 1916... A atitude de Carlos Ortiz também tocava fundo suas entranhas. Que homem evoluído para a época dele! Que homem sensível, inteligente e bondoso!

Por outro lado, o silêncio da família sobre o assunto a intrigava. O que havia de tão vergonhoso na história para a terem sepultado debaixo de 100 anos de silêncio? Foi tudo uma fatalidade, um golpe do destino, desígnios que não compreendemos... Ela queria falar com Bisa Angelina sobre o assunto, agora que havia lido *El Libro de Marianna*. Estava pensando em como iniciar o diálogo espinhoso quando o celular vibrou. Era Ulisses, ligando tarde da noite.

– Mariana, já tenho a confirmação sobre Federico Guerrero. Você quer vir me ver amanhã ou prefere que eu fale pelo telefone?

Com a voz consumida pela ansiedade, a menina quase implorou:

– Fala agora, Ulisses! Eu não aguento esperar até amanhã!
– Pois bem, recorri a arquivos e contatos na Marinha. Mandei pesquisar na Argentina e na Espanha.
– E?!...
– Federico foi adotado pelo homem que o salvou do naufrágio, Cristóbal Guerrero. O argentino acreditava estar salvando o próprio filho, da mesma idade, e só se deu conta do engano depois.
– Como assim?!... Explica direito!
– Cristóbal perdeu a esposa e os quatro filhos no acidente, só ele sobreviveu. O mesmo aconteceu com Federico. Foi o único sobrevivente de uma família de Múrcia, na Espanha. Não pense que isso aconteceu só com eles. Outros náufragos também adotaram crianças que foram parar em seus braços no meio das ondas. Teve o caso de dois meninos gêmeos...

Mariana não o ouvia mais... Seu coração batia tão forte que quase saía pela boca. Todas as fichas do mundo estavam despencando sobre sua cabeça. Fichas ou estrelas? Peças embaralhadas havia um século, enviadas do espaço pela trisavó *Marianna*. Ela não sabia se ria, se chorava ou se saía gritando...

Ulisses estranhou o silêncio.
– Mariana!... Mariana!... A ligação caiu?... Está ouvindo, Mariana?

Depois de um longo vazio, um sussurro chegou pelo telefone:
– Como era o nome da família de Múrcia, Ulisses?
– García Sola. Federico era filho de León e Soledad García Sola, mortos no naufrágio. Adotou o sobrenome do pai adotivo. Os documentos originais dos passageiros se perderam no acidente...

21. ■ Segredo de família

Com a emoção à flor da pele e *El Libro de Marianna* apertado no peito, Mariana entrou no quarto de Bisa Angelina, aproveitando que ela estava no banho. Tinham tomado o café da manhã juntas na varanda. A bisavó reparou nas olheiras da menina, que passara a noite em claro, e perguntou, piscando um olho, como ia o namoro com o rapaz argentino.

– Vai tudo bem, Bisa – respondeu Mariana. – Você gosta dele, não é?

– Traga o Emilio aqui em casa de novo – disse a senhora. – Ele é muito simpático. Precisa ver como ficou o jardim. Diga para vir com os amigos fazer um lanche com a gente.

– Emilio tem mergulhado bastante, Bisa. Está treinando pra descer no *Príncipe de Astúrias*. É o sonho dele... – Mariana olhava firme nos olhos da bisavó para ver sua reação, mas ela não deu nenhuma bandeira.

Cleusa já havia arrumado o quarto quando Mariana entrou. Entrou e foi logo vasculhar nas gavetinhas da penteadeira. Sua intuição lhe dizia que podia estar ali o elo que comprovaria a incrível coincidência: a foto de *Marianna* em Cádiz, ao lado de Angel, Federico e Elena. Queria encontrar o camafeu que a trisavó recebeu do pai ao embarcar em Barcelona, que um dia pertenceria à sua filha Angelina, cuja bisneta, um século depois, se apaixonaria pelo neto de Federico, sem saber que partilhavam os mesmos laços de afeto e de sangue. Coincidência tão incrível que devia ter outro nome. Armação do destino, pauzinhos trançados, coisa "lá de cima", chame como quiser...

Mariana sentou na banqueta e abriu a primeira gaveta. Remexeu na segunda, na terceira. Nada. De repente, tremeu.

146

Pelo espelho, viu a Bisa entrar no quarto, surpreendendo-a em flagrante. Não dava mais tempo de disfarçar.

– É isto que está procurando? – perguntou a senhora, estendendo uma caixinha que trazia nas mãos trêmulas.

A garota ficou em pé num pulo e os olhos das duas se cruzaram. Mas Bisa Angelina não parecia brava, ao contrário. Estava emocionada. Nunca Mariana a vira tão desarmada, quase à beira das lágrimas. Sem saber por onde começar, balbuciou:

– Bisa... eu... me desculpe... Tenho de explicar algumas coisas...

– Não precisa explicar nada, Mariana – Bisa Angelina se mostrava tão feliz que era difícil de entender. – Deus ouviu minhas preces, agora já posso morrer!

– Por que está dizendo isso, Bisa? Não fale em morrer...

– Não podia ir embora deste mundo sem antes lhe passar este segredo, como pediu a minha mãe. A história você já conhece. Só falta lhe entregar o camafeu. Aqui está, minha filha. De hoje em diante ele é seu.

Mariana apertou nervosamente a caixinha entre as mãos. Tirou a joia de dentro e pendurou a corrente no pescoço. Uma preciosidade... Mil perguntas brotavam da sua mente. Teve de esforçar-se para ordenar o que falar primeiro.

– Você sabia que eu estava lendo *El Libro de Marianna*? Deu pela falta dele quando eu peguei?

Bisa Angelina sentou na cama. A menina sentou também. Pelo sorriso dela, Mariana sentiu que a bisavó não só sabia como *queria* que ela achasse o diário escrito à mão, no início do século XX, por uma moça espanhola de 19 anos, encadernado em veludo vermelho, embrulhado no xale espanhol bordado com flores e guardado no fundo da arca, entre outras lembranças. Por isso tinha insistido para ela vir a Ilhabela. Por isso havia sugerido a arrumação, torcendo para ela fuçar nas velharias e as coisas terminarem desse jeito...

– Mas Bisa... não entendo por que o segredo. É uma história tão bonita, todo o mundo devia saber!

– Minha mãe quis assim, Mariana. Sua vontade deve ser feita. Você não leu o diário até o fim, não foi? Vai entender tudo quando ler. Algumas pessoas da nossa família sabem que minha mãe sobreviveu ao naufrágio do *Príncipe de Astúrias*. Mas sabem apenas isso, não a verdade inteira. Nesta geração, você é a única que pode saber. É a neta de Florência. Eu tive somente essa menina, a mãe do seu pai, que morreu...

Um nó na garganta impedia Mariana de falar. A custo, perguntou:

– Você deu à sua filha o nome da "avó torta", Bisa? Foi por causa da tia Florência da história? A que recebeu sua mãe no Brasil e cuidou tão bem dela e de você?

Bisa Angelina fez que sim com a cabeça, contendo as lágrimas. Mariana não segurou mais as suas e caiu no choro. As duas se abraçaram, comovidas. A emoção era tanta, que só mais tarde a menina se deu conta de que não havia aberto o camafeu da trisavó para ver a fotografia de Federico tirada em Cádiz – se é que ela ainda estava lá dentro – e compará-la com a que Emilio possuía. Se isso fosse verdade, seria overdose de emoção. Teria de convencer a Bisa a deixá-la partilhar o segredo com Emilio. Pensaria em como fazer isso mais tarde, depois de ler até o final *El Libro de Marianna*.

As últimas páginas tinham sido escritas com caneta esferográfica e em papel diferente, parecendo ter sido encaixadas no caderno anos depois.

****

Santos, 5 de março de 1986

Querida filha Angelina

Hoje faz 70 anos que o *Príncipe de Astúrias* naufragou. Procurei notícias nos jornais e nada encontrei. Poucos se lembram da tragédia que levou embora tantas vidas e marcou para sempre a vida de quem ficou.

Tenho 87 anos e você fará 70 em dezembro. Sinto que em breve não estarei mais aqui. Carlos se foi há muito tempo. Tive a sorte de ver meus filhos e netos crescerem. Já vivi o suficiente, posso partir a qualquer momento. Durante toda a vida relutei em lhe entregar este caderno, que iniciei quando você era pequena. Mas agora decidi: não devo levar para o túmulo o nosso segredo. Quando eu for embora, você encontrará este diário enrolado no xale que usei no meu casamento. Leia-o com carinho e, se puder, me compreenda e me perdoe.

Acredite, minha filha: não foi por vergonha nem para proteger minha reputação que escondi a verdade de todos. Não fiz isso por egoísmo, e sim por amor. Não queria que ninguém julgasse que meu marido, Carlos Ortiz, não tivesse sido amado e respeitado como ele merecia. Não queria que ninguém se apiedasse dele. Vivemos uma longa vida juntos. Tivemos quatro filhos. Carlos sempre agiu como seu pai, nunca fez diferença entre você e seus irmãos. Ele a amava, Angelina. Algum dia, por acaso, desconfiou que não fosse filha dele?

Penso que as mulheres talvez se compreendam melhor umas às outras e possam aceitar, sem julgar, fatos como esse. Foi assim com Tia Florência, que se tornou minha mãe e sua avó do coração. Deus queira que aconteça o mesmo com você...

Sua única filha, minha neta Florência, nos deixou em 1958, quando meu bisneto Ernesto nasceu. Além dela, você só teve filhos homens, como eu. Por enquanto tem somente netos homens, mas pressinto que um dia chegará uma neta ou bisneta, não sei... Peço que só a ela você conte este segredo. E peça-lhe, por favor, para fazer o mesmo. No futuro, essa menina o contará à sua filha ou neta, e assim as mulheres da família saberão, em cada geração, que em alguma praia de Ilhabela, ou talvez no fundo do oceano, junto do que restou do *Príncipe de Astúrias*, repousa a semente do amor que as gerou.

Sua mãe, que estará sempre a seu lado,

Marianna

22. Mergulho

Tão logo dona Angelina soube pela bisneta que Federico, julgado morto por *Marianna*, fora resgatado com vida do naufrágio pelo argentino Cristóbal Guerrero, que o levou para seu país e o adotou, não só concordou em partilhar o segredo com Emilio. Quis contar-lhe ela mesma, junto com Mariana. Mandou chamar à sua casa o rapaz e também o grego Ulisses, que queria conhecer. Afinal, ele é que juntara os elos perdidos da história acontecida há quase 100 anos. Era justo que tivesse essa compensação.

Na tarde ensolarada, debaixo da mangueira, sentaram-se Bisa Angelina, Mariana, Emilio e Ulisses, para o encontro mais tocante da vida deles. No centro da roda estava *El Libro de Marianna*, que passou de mão em mão. Bisa Angelina tinha certeza de que sua mãe aprovaria o que ela estava fazendo. Quando *Marianna* poderia sonhar que a tataraneta que herdaria seu nome se apaixonaria pelo neto de Federico García Sola, irmão mais novo de Angel?

– Vem cá, meu filho, me dá um abraço. Bem que eu senti algo familiar em você desde o começo... – disse dona Angelina ao namorado da bisneta, que chorava como se fosse um menino pequeno.

– *Gracias, gracias, gracias a todos...* – repetia Emilio, incapaz de dizer outra coisa.

A senhora parecia ter remoçado vários anos. Certamente viveria muito além dos 100 anos. Ulisses ficou maravilhado em conhecê-la. Passado o impacto das revelações, dona Angelina quis que ele falasse sobre a exploração do *Astúrias*, tanto a feita por ele como a de outras expedições.

– É uma história longa, Bisa. Vou levar você ao museu – disse Mariana.

– Posso resumir os pontos principais – Ulisses era didático e conhecia o assunto como ninguém. – Uma coisa lhe garanto, dona Angelina: se o *Astúrias* estivesse num local de fácil acesso, não existiria hoje um só parafuso dele para contar a história. A corrida atrás das riquezas começou em 1940, quando a seguradora inglesa Norton, Megan & Co. uniu-se à Marinha Brasileira para explorar os escombros. Mas o resultado não foi bom.

O mesmo aconteceu com as expedições seguintes. Na década de 1950, os irmãos Fialdini, comerciantes de Santos, e o sócio Cel. Nelson de Aquino, tiveram permissão da Marinha para explorar o navio e venderam os bens para financiar a operação. Só para localizar o navio levaram seis meses. As águas turvas, a forte correnteza e o equipamento limitado os levaram a usar dinamite na empreitada, o que partiu o casco em várias partes. Trouxeram à tona duas hélices, aos pedaços, e 200 toneladas de chumbo, vendidas em São Paulo.

– O Cel. Nelson de Aquino voltaria depois com novos sócios para outra operação demorada e caríssima – continuou Ulisses. – Chegaram a montar um teleférico ligando a Ponta da Pirabura ao naufrágio, acreditam? Furaram o casco com maçarico para tirar objetos do navio, mas de concreto somente içaram do fundo uma hélice de bronze de oito toneladas.

– Que absurdo! – Emilio ficava revoltado ao ouvir aquilo. – Naquela época ainda não havia legislação para proteger os sítios submersos.

– Nesse sentido considero minha exploração bem sucedida, pois demos um valor arqueológico ao trabalho – disse Ulisses. – Minha equipe tirou do mar a estátua em bronze fundido, única peça resgatada do *Astúrias* até hoje. Foi restaurada por arqueólogos da Marinha e está exposta no Museu da Ilha das Cabras, no Rio de Janeiro.

– Resgataram também objetos menores, que a gente vai ver no museu, Bisa – completou Mariana. – Baixelas, talheres, porcelanas, até a cabeça de uma boneca de louça, idêntica a uma retirada do *Titanic*.

– Ulisses fez mais de 1000 viagens ao local do naufrágio, dona Angelina – disse Emilio.

– Não me chame de dona Angelina. Vou ser sua bisavó.

– Sim, Bisa – riu Emilio. – Dessas viagens, só foi possível mergulhar na metade. E, entre os mergulhos, só um terço teve resultados.

– Qual foi o mergulho mais emocionante, Ulisses? – Mariana quis saber.

O diretor do museu não hesitou em responder:

– O dia em que encontramos a estátua!

E seus olhos se encheram de lágrimas ao recordar:

– Foi em 1991. Fazia 10 anos que explorávamos o navio. Era um raro dia de mar calmo. Três equipes de mergulhadores se revezavam. No fim da tarde, um dos homens subiu à tona, eufórico: "Encontrei! Encontrei!" Ele havia localizado o braço de uma figura humana em meio ao lodaçal do fundo do mar. Era como se, mesmo soterrada, ela estendesse a mão, pedindo para ser salva. Desci com outro mergulhador e concluímos que era uma estátua. Faltavam, porém, a cabeça e o outro braço. A noite caiu. Fizemos várias buscas tateando no escuro, com muita fé. Por fim, encontramos a cabeça. O outro braço nunca foi achado. Quando trouxemos à tona a imensa estátua, com 2 metros de altura e 800 quilos, senti a alegria de quem salva uma pessoa. Essa obra de arte era a guardiã de muitas histórias, que precisavam ser contadas a todos.

****

Dias depois, as palavras de Ulisses ainda soavam na mente de Mariana como se estivessem gravadas em áudio. Eram fortes demais para não ser lembradas. Ela e Emilio tinham decidido, durante um banho de cachoeira que também voltava à sua cabeça como um filme, viajar ao Rio de Janeiro para ver a estátua. Não bastavam as fotografias. Precisavam tocá-la.

Agora, caminhando pela Vila com o celular ligado, esperando notícias, a garota revivia as sensações felizes: a água fria e doce da cachoeira, o toque das mãos dele, o calor de seus lábios se unindo e os corpos se encaixando, numa explosão de prazer. Pensou que teve mais sorte que a trisavó Marianna: viveria com Emilio não apenas 16 dias, mas a vida inteira.

Na praça em frente ao mar, junto aos canhões onde eles se viram pela primeira vez, Mariana acessou a internet para ler a mensagem de Emilio. Suas palavras soaram tão claras que era como se ele estivesse presente.

****

A bordo do *Argonauta*, tarde de sábado

Mariána mi amor,

Depois de várias tentativas, mergulhei pela primeira vez no *Príncipe de Astúrias*. Não imagina as dificuldades para chegar ao navio. Ele está partido em muitos pedaços, entre 18 e 40 metros de profundidade; mas reconhecer o que é proa, popa ou meia nau não é nada simples. Parte dos escombros está enterrada na areia. O mar grosso e as fortes correntes alteram constantemente o lugar em que eles se encontram. A visibilidade é quase nula. As águas são turvas, e a deterioração do casco produz uma nuvem de ferrugem que esconde o navio mais ainda. Ulisses diz que um mergulho no *Astúrias* nunca é igual ao outro. Depende da época do ano e das condições do mar.

Hoje o mar estava calmo, apesar do céu nublado. Quando Ulisses disse que era hora de montar o equipamento, senti a adrenalina vir com tudo. Vesti o neoprene pensando no que sentiu meu avô na hora do naufrágio. Ele era uma criança de apenas dez anos! Como suportou o choque, a explosão das caldeiras, a queda na água? Como foi encontrado pelo homem que o salvou?

Um marinheiro lançou a âncora do *Argonauta* sobre os escombros do navio para facilitar nossa descida. Descemos segurando o cabo da âncora. Por segurança, eu me mantinha bem perto de Ulisses. Fomos sem problemas até os 20 metros de profundidade. A partir daí, a água ficou escura e fria. Ligamos as lanternas e continuamos. Aos 38 metros, a escuridão era quase total. Com dificuldade, localizamos a âncora do *Argonauta* entre os ferros retorcidos do *Astúrias*.

Ulisses sinalizou que estávamos no convés de proa, mas nada se via. Ele havia me prevenido sobre as armadilhas do fundo: ferragens soltas, chapas e fios que podem prender o mergulhador. E era verdade. Todo cuidado é pouco ao mergulhar num naufrágio! Nosso mergulho tinha sido planejado para durar 35 minutos. Parte do tempo havia se esgotado. Preparei-me para subir à tona meio decepcionado. Praticamente nada tinha visto.

Então, por sorte – ou por milagre – a visibilidade melhorou. Consegui enxergar cabos e um guincho. Toquei neles, emocionado. O mastro de proa estava caído para a direita. No casco, havia buracos grandes que davam acesso aos porões. Pensei nos mortos que descansavam ali há quase um século. Rezei por todos. E continuei rezando enquanto iniciávamos a subida.

Durante a descompressão, um sentimento bom me invadiu. De gratidão, de conquista, de ter atingido meu objetivo...

Sei que o canto da sereia me enfeitiçou e que este foi apenas o primeiro de muitos mergulhos que farei para explorar o *Astúrias*. Mas sei também que a minha sereia é você, Mariána. Estou preso para sempre nas teias trançadas para nós pelo destino.

Emilio

Bibliografia

Livros:

GUÍA VERDE MICHELIN ESPAÑA. Michelin et Cie. France: Propriétaires-Éditeurs, 1997.
PLATON, Jeannis Michail. "O enigma do Príncipe de Astúrias" *In: Ilhabela seus enigmas*, p. 79-168. São Sebastião: Edição do Autor, 2006.
SILES, Isidor Prenafeta. *El misterio del Principe de Asturias – El Titanic español.* Barcelona: Editorial Noray, 2012.
SILVARES, José Carlos; MOURA, Luiz Felipe Heide Aranha. *Príncipe de Astúrias: o mistério das profundezas.* São Paulo: Magma Editora Cultural, 2006.

Jornais da época:

Arquivo de *O Estado de S. Paulo*, março de 1916:
"Naufrágio do Príncipe de Astúrias" – edições dos dias 8, 9, 10, 11 e 12 de março de 1916.
"Tragédia no mar" – 7 de março de 1926.

Arquivo de *A Noite*, Rio de Janeiro, março de 1916:
O grande sinistro da Ponta do Boi – "O comandante do 'Vega' conta-nos, a bordo, episódios comoventes", 11 de março de 1916.
O naufrágio do Príncipe de Astúrias – "Uma entrevista com o piloto do sinistrado e uma comovedora narrativa do médico de bordo", 9 de março de 1916.

Artigos de jornais, revistas e *sites* consultados:

"A corrida do ouro nos mares do Brasil". *O Estado de S. Paulo*, 2 de março de 1980.
"A história do Titanic brasileiro". *O Estado de S. Paulo*, 3 de dezembro de 2006.
"A saga dos imigrantes". *Veja São Paulo*, abril 1998.
"Arqueologia subaquática: riqueza submarina preservada?" http://revistadasaguas.pgr.mpf. gov.br. Acesso em: 13 de maio de 2014.
"Arqueologia subaquática". www.naufragios.com.br. Acesso em: 13 de maio de 2014.

"As máquinas da guerra" e "Os horrores do gás mostarda". www.estadao.com.br/guerra/maquinas. Consulta em 26 de janeiro de 2003.

"CEANS – Centro de Estudos de Arqueologia Náutica e Subaquática –Unicamp". www.arqueologiasubaquatica.org.br. Acesso em: 13 de maio de 2014.

"Em busca do navio perdido". Revista *Superinteressante*. http://super.abril.com.br/esporte/mergulho-busca-navio-perdido-444680.shtml. Acesso em: 13 de maio de 2014.

"Historiadores e aventureiros disputam sobra de naufrágios". http://www1.folha.uol.com.br/fol/brasil500/report_3.htm. Acesso em: 13 de maio de 2014.

"Livro amarelo: manifesto pró-patrimônio cultural subaquático brasileiro – CEANS/Unicamp/Núcleo de estudos estatísticos/arqueologia – Campinas, junho de 2004, em PDF. www.arqueologiasubaquatica.org.br. Acesso em: 13 de maio de 2014.

"Memórias da imigração espanhola". www.memorialdoimigrante.sp.gov.br. Acesso em: 13 de maio de 2014.

"Mergulhador resgata parte da História". *Jornal do Brasil*, 27 de outubro de 1990.

"Mergulhando em busca do navio submerso". *O Estado de S. Paulo*, 26 de abril de 1981.

"Naufrágio Príncipe de Astúrias". www.naufragiosdobrasil.com.br. Acesso em: 13 de maio de 2014.

"Naufrágios – O Príncipe", por Marcelo Moorea. www.brasilmergulho.com. Acesso em: 13 de maio de 2014.

"Naufrágios: a pirataria no século 20". *Jornal da Tarde*, 18 de janeiro de 1992.

"Naufrágios: os tesouros de Ilhabela". *Jornal da Praia*, 3 de fevereiro de 1990.

"Naufrágios". Museu Náutico Ilhabela. www.museunauticoilhabela.com.br e www.museunautico. blogspot.com. Acesso em: 13 de maio de 2014.

"No fundo do mar, a caça ao tesouro do Príncipe de Astúrias". *Jornal da Tarde*, 9 de outubro de 1990.

"O mistério do Astúrias". Revista *Terra*, abril de 2002.

"O Titanic é encontrado, 73 anos depois". *O Estado de S. Paulo*, 3 de setembro de 1995.

"O Titanic que afundou aqui". Revista *Época*, 28 de dezembro de 2002.

"O Titanic, para sempre no fundo do mar?" e "1916, o Príncipe de Astúrias afunda em São Sebastião". *O Estado de S. Paulo*, 4 de setembro de 1995.

"Pontos de mergulho no Brasil – São Paulo – Ilhabela, por Marcelo Moorea. www.brasilmergulho. com. Acesso em: 13 de maio de 2014.

"Príncipe de Astúrias". www.ilhabela.org/naufragios_principedeasturias.htm. Acesso em: 13 de maio de 2014.

AUTORA E OBRA

Eu tive uma casa em Ilhabela e isso me marcou para sempre. Plantei um chapéu-de-sol no jardim e uma primavera cor-de-rosa junto da varanda, que se pendurou no telhado como uma cortina de flores. Nessa casa criei minhas três filhas pequeninas, em muitos verões abençoados pelo calor do cenário e da companhia de pessoas queridas.

Foi nessa época – bem antes de existir computador e internet – que me interessei e comecei a pesquisar sobre o naufrágio do *Príncipe de Astúrias*. Lia, recortava e guardava tudo o que saía sobre o navio em jornais e revistas. No arquivo do jornal *O Estado de S. Paulo* consegui cópias das edições dos dias seguintes à tragédia, em março de 1916, com relatos de sobreviventes e fotos dos náufragos. Fui ao Rio de Janeiro e fiz o mesmo no arquivo do jornal *A Noite*. Com o tempo, juntei várias pastas de material, entrevistei pessoas ligadas à história e acompanhei as diversas publicações que foram surgindo sobre o assunto (veja bibliografia).

Mas eu não queria escrever uma reportagem – até porque existem bons trabalhos jornalísticos sobre o maior naufrágio já ocorrido no Brasil e na América do Sul. Para contar a história do "Titanic brasileiro", optei por uma espécie, digamos, de romance histórico, em que personagens fictícios, como Emilio e Mariana, convivem com outros reais, como a tripulação e alguns dos passageiros do *Príncipe de Astúrias*.

Nasci em Santos, em 5 de outubro de 1948, fui criada em Campinas, interior de São Paulo, e vivi na capital paulista mais de trinta anos. Sou formada em Letras e Jornalismo, com Pós-Graduação em Jornalismo Literário. Como jornalista, trabalhei nas revistas *Quatro Rodas*, *Capricho* e *Claudia*, entre outras publicações. Estreei na literatura juvenil em 1990, com *Em busca de mim* (Prêmio Orígenes Lessa, "O melhor para o Jovem", pela Fundação Nacional do Livro Infantil e Juvenil – FNLIJ). Desde então, publiquei mais de 20 títulos para jovens leitores, entre eles *E agora, mãe?*, *E agora, filha?*, *Danico Pé de Vento*, *Um dia com as Pimentas Atômicas*, *O último curumim* e *Família* online, *Em busca de mim*, *Uma garrafa no mar*, *Clique para zoar* e *Três fantasias*.

Minhas três filhas me deram cinco netos. Depois de oito anos em Natal, RN, desde março de 2014 vivo com meu marido em Florianópolis, SC.

P.S.: Saiba mais no meu endereço na internet:
www.isabelvieira.com.br

Nota do Editor: Isabel Vieira faleceu em 3 de dezembro de 2019, mas continuará para sempre viva em livros como este.

161